悄悄是别离的笙箫

QUIETNESS IS MY FAREWELL MUSIC

陆小曼

凉月满天 著

时代出版传媒股份有限公司
北京时代华文书局

图书在版编目（CIP）数据

陆小曼：悄悄是别离的笙箫 / 凉月满天著. —北京：北京时代华文书局，2015.7
ISBN 978 - 7 - 5699 - 0536 - 6

Ⅰ.①陆… Ⅱ.①凉… Ⅲ.①传记文学 - 中国 - 当代 Ⅳ.①I25

中国版本图书馆 CIP 数据核字（2015）第 216507 号

丑牛系列之民国的婉约

陆小曼：悄悄是别离的笙箫

著　　者｜凉月满天

出 版 人｜杨红卫
选题策划｜黎　雨
责任编辑｜樊艳清
策划编辑｜陈　赋　简　言
装帧设计｜龙　梅
责任印制｜刘　银
营销推广｜新业文化

出版发行｜时代出版传媒股份有限公司 http：//www.press-mart.com
北京时代华文书局 http：//www.bjsdsj.com.cn
北京市东城区安定门外大街 136 号皇城国际大厦 A 座 8 楼
邮　编：100011　电话：010 - 64267955　64267677
印　　刷｜河北信德印刷有限公司
（如发现印装质量问题，请与印刷厂联系调换）
开　　本｜880 × 1230mm　1/32
印　　张｜8.5
字　　数｜188 千字
版　　次｜2015 年 11 月第 1 版　　2019 年 1 月第 2 次印刷
书　　号｜ISBN 978 - 7 - 5699 - 0536 - 6

定　　价 46.00 元

引　子

陆小曼是美人，“英雄美人”的美人。

英雄是“霸王”那样的英雄，美人是“虞姬”那样的美人。你不能说她的眼睛是什么样，鼻子是什么样，嘴唇是什么样，发肤的颜色是什么样，牙齿是什么样……当你见到她，只是觉得像看见光。

李渔《闲情偶寄》里讲女人有态，“犹火之有焰，灯之有光，珠贝金银之有宝色”，“女子一有媚态，二四分姿色，便可抵过六七分”。看陆小曼的影像，也说不上有多么漂亮，眼睛不大，眉毛细长。那迷得人神魂颠倒的就是一个“态”字吧，或者叫做风情。世间美女如云，不是个个都够资格称“美人”，若是千千万万人中能有一人，便是幸运，整个时代都跟她沾光。试想若那个年代里没有过陆小曼，从那时候刮来的风里就少了一缕鬓影衣香，教人连惆怅也无处惆怅。

美人各有美法。有的美人如琴，清贵孤高，少有人仰攀得起。一张案上蒙尘的琴，犹如一把壁间张挂的剑，用武之处即使没有，仍有一种前生命定的孤寂；有的美人如棋，有心机、有手段、有套路、有规则，看似平静，平静中有杀机，看似安然，安然处蕴惊雷。古往今来，在浅笑嫣然中运筹帷幄，甚至自己成就一番帝业的，都是如棋女子；有的美人如书，深沉、博大、睿智，悲观主义，看世事如梦，“悲凉之雾，遍披华林”，相信世上无不散的筵席，所以热闹起处，先看到夜阑人散的结局，一般男子无法驾驭她的灵魂，必须接受一个让人沮丧的现实：就算踮起脚来，你也无法理解她的全部含义；有的美人如画，仗着好颜色倾了人的城与国，但是青春的美丽抵不过有些浅薄的底子，岁月如水，容颜老去，只能靠着回忆自己昔日的美丽度过漫长的一天又一天，最大的消遣也不过“闲坐说玄宗”而已；有的美人如诗，情绪化是最大的特点，伤春悲秋更是常事，这样的女子，无论命运如何，内心总在漂泊；有的美人如酒，光阴把她的情怀酿得如酒、如桃，望着芬芳可爱，尝之如饮醇醪，这样的女子很低调，是石板上微雨里静静走着的那一个，目光平和澹定，把自己融入周遭暮色苍茫的世界。

所有的美人都如花绽放，诗酒趁年华。只是英雄终成尘土，美人零落成枯骨，教后人想起来，如同对着一株株花，每株花都那样相似。

我们对着陆小曼，如同对着一枝梦里曾经见过的花、一个离经叛道的绝世红颜。

她出身高贵，有着良好教养，琴棋书画皆通。她青年出嫁，却婚外生情，哪怕身怀有孕，也要踢飞原来的丈夫，哪怕全世界的人都嘲骂，也要誓死嫁给后来的老公。二次婚后她又吸上大烟，昏昏沉沉躺在榻上，爱人为供她流水一般的花费，拼命兼职挣银两。丈夫飞机失事，她守寡终生，又与教她吸大烟的男人同居，不讲名分；多年后同居的人撒手西归，她一个人活在人间数年，在幽怨中长眠，就这么如黄莺出谷，初时宛转啼鸣，一声声叫亮春色，结局却落得凄风苦雨，毛色凄惨，狼狈以终。

原来这世间，美人与英雄的命运是同样的：人不纵她天纵她，人不毁她天毁她。而一纵一毁之间，一个时代就过去了。如今哪里还能再出一个陆小曼呢？徒留后人百般艳羡，无限思念。回眸一生，原来停留并扎根在记忆里的，始终是她潇洒的转身——那笑靥如花，如天边散落的梨花雨，清甜忧伤。

目　录

第一卷

嫩箨香苞初出林

一个名媛的降生

1903年农历九月十九日，上海孔家弄一户姓陆的人家诞下一名女婴，这天恰是观音菩萨出家成道日，于是得一诨名“小观音”，她就是乳名“小眉”的陆小曼——男人心中的女神，女人心中的敌人。在这三年前，张幼仪出生，一年后林徽因出生，三个女子在不同的时间、不同的地点“下凡”，一起共历情劫。

“名媛”二字是旧年间“拼”爹“拼”祖宗的产物，“拼”的不仅仅是财富与权势，更是宗族的势焰和名望。士族的历史由来已久，汉武帝以来，朝野崇尚儒术，官僚多以经术起家；发展到东汉，不少家族累世公卿；三国时代，曹魏实行九品中正制，士族地主能够凭家世出身参政。他们广有田地，豪资巨富，如今又把持政权，每一家都占有一定的地盘而成割据之势，一家家、一族族门第高严，森列分布，从魏晋绵延到唐代，直到唐以后开科取士，士族才渐渐衰败。

“陆”是个大姓，这一族姓在常州地区生息繁衍，如今已有两千年。虽然士族渐渐“式微”，然而陆氏一脉书香延绵不断：刘邦即大汉皇帝位之初，以武力自矜，一个叫陆贾的著文12篇，建议“行仁义，法先圣”，“逆取顺守，文武并用”，汉高祖无不称善；汉文帝即位，陆贾出使南越，劝说僭称南越武帝的赵佗自废帝号，北面称汉臣；北宋被金攻灭，一个尚在襁褓之中的孩子便随父母颠沛乱世，他长大后立志灭金吞虏，杀胡救国，可惜一生壮志难申，无奈撒手西归，诗笔如泣，留下“死去元知万事空，但悲不见九州同。王师北定中原日，家祭无忘告乃翁”的爱国篇章，他就是陆游；南宋末年，元兵汹汹，宋军在崖山海战兵败，背着卫王赴海而死的人，是陆秀夫。

民国时期，北洋政府总统黎元洪为一个叫陆荣昌的人亲笔题写匾额：“饥溺为怀。”《孟子·离娄下》云：“禹思天下有溺者，由己溺之也。稷思天下有饥者，由己饥之也。是以如是其急也。”太平天国洪秀全《谕苏省及所属郡县四民诏》：“爷哥朕幼坐天京，救民涂炭拯民生，民有饥溺朕饥溺，恫瘝在抱秉至情。”简而言之，就是佛家的无缘大慈，同体大悲。陆荣昌在晚清时任朝议大夫，后在太平天国运动时，举家迁离常州，落户上海，慷慨解囊，赈灾济民。他去世十年，清誉如新，得黎元洪赐题匾额。

这个人，就是陆小曼的祖父。

陆小曼之父陆定，原名陆子福。其人少言寡语，温柔敦厚，且又聪明，是考场上的常胜将军，不费吹灰之力考中举人。家人替其改名陆定，大约一是求雅，二是求其命势平稳安宁。

陆定一生倒是着实平稳笃定，中举后被清廷派往日本留学，在日本早稻田大学读书期间，得与曹汝霖、袁观澜、穆湘瑶等民国名流同班，并加入孙中山的同盟会，回国后加入国民党，与国民党元老吴玉章、民主革命家章太炎过往甚密。他担任财政部司长和赋税司长多年，位高权重；后辞官不做，融资创办“中华储蓄银行”，首创“零存整取”存钱法。“做银行的人什么都缺，就是不缺钱”，陆定银行家的身份让陆家名噪一方。

陆小曼之母吴曼华，小名梅寿，也是常州人氏，祖上吴光悦做过清代江西巡抚。她会古文，善工笔画，后嫁于陆定。陆定在清末担任贝子贝勒学校的教师，专事教导工作，他把皇族子孙的作业带回家，妻子帮助批改。吴曼华奉行当时通行的女子法则：贞静守廉，无才是德，不求抛头露面，专事相夫教子。

陆小曼排行第五，她的八个兄弟姐妹都先后夭折，她恰恰是最中间的那一个。美貌佳人多病弱，也是“没有小半天完全舒服”。陆定与其妻想来对这个女儿万般经心，问题是愈娇弱愈温养，愈温养愈娇弱，以至于陆小曼像个美人灯，风吹吹就病了。

时光如梭，当一切慢慢老去的时候，岁月爬过的经历越陈越香，而逐渐成熟的本性，也都在时间里静静地变化着，等发觉的时候已经是物是人非。女子仿佛都是这样蜕变的，在不知不觉中长成一朵美丽的鲜花，最后凋零在时空里，不留痕迹，细细品味时只有丝丝的清香。因为容颜没有永恒的美丽，能够留下的只有深刻的记忆。陆小曼就是一抹红霞，那么耀眼，多年后依旧藏在人们心中。

“女王”一样地成长

虽然中国历代没有幼稚园，然而幸运的是，1898 年 2 月英国长老会在福建厦门创办幼稚师资班，并附设幼稚园（即现在的厦门市日光幼儿园），之后又陆续在各地设立了此类学校。陆小曼出生前一年，上海也有了幼稚园，就好像这个幼稚园是为她特意安排的。犹如天上下雪，地上就开了一树红梅，旁边又有一个鬼脸青的瓮，及至雪落，被小心收起，入瓮封存，以备将来着名器泡好茶，艳惊世界。

因陆定就职北平，陆小曼六岁随父母从上海迁居到这个古老的大城市，就读京师女子师范学堂附属小学。她的时光初现，美艳乍开，她的母亲又亲自教授她丹青笔墨、古文诗书，更是为这朵云镶了一圈茸茸的金边。

1913年11月4日，袁世凯下令解散国民党。陆定做的是国民党的官，傻傻地仍旧每天戴着党章去上班，而年幼的陆小曼就已经知道提醒父亲把党章摘下来收好。一天夜里，警察又到陆家突击搜查未果，转而盘问小曼："你爸爸的书信都放在什么地方?"陆小曼说："爸爸的书信、公文都放在办公室里。"

警察又问："私人信件呢?"

陆小曼反问一句："你们翻出来的不都是吗?"

警察吃了个瘪。陆定虽然被抓，不过数日即被联名保释。这是陆定人生中一件小事，却是陆小曼人生中一件大事，毕竟她才九岁。时局不好，就连小孩都已晓得忧患。

九岁到十四岁，陆小曼就读于女一中。

老北京的北长街上有一所161中学，它的前身就是创建于1913年的北京女一中，是名副其实的百年老校。成立之初，这所学校的课程表就有国文、日文、英文、数学、物理、化学、体操、生物、劳动、图画、音乐、修身、历史、地理、国术等，真正的土洋结合、中西相容。陆小曼在这样的环境与氛围下读书，好比青瓷白瓷的瓶上被描上了花。

十五岁，陆小曼又被父母花重金送进圣心学堂。

圣心学堂是一所基督教教会创办的女子学校。中国最早的女子学校由基督教的教会创办，有严格的教规，又学习英语、体育等现代课程，颠覆了中国女性教育的传统。逐渐地，教会女中成为贵族学校，非重金不能进。进校之后，女孩子们取了时髦的英文名，说着流利的英语，又有着优雅的举止和良好的社交能力，这些无不成为日后女孩子们嫁得好的“砝码”。

北京是个大而旧的城，民国初年经历着一场时代的变化与革新，看上去就像新的金线银线绣在旧的麻布棉布上面，旧的格外旧，新的格外新。上流社会的人开始接触和学习外国的文化，正如“三从四德的‘旧底子’”上生发出来的新的花，那样明艳。这群幸运儿不必如旧日的大家闺秀，闷锁深闺，闲把女红绣，偶到外面一游，还要感叹一声：“不到园林，怎知春色如许。”她们有机会接触到时代最前沿的文化，能学习英文、法文、钢琴、油画；能接触到各色各样的同学，都有着良好的教养，举止合宜，言行有度。她们在这个环境里如鱼得水，其中有知名的宋氏三姐妹、许广平、冰心、庐隐等，当然还有陆小曼。

陆小曼师承其母，有了扎实的中国画功底，如今又开始学习油画。中国画是用毛笔、墨和矿物、植物颜料在宣纸或绢上作画，而油画是用透明的植物调和颜料，在经过加工的布、纸、板等材料上作画。中国画不求形似而重神韵，油画重形似，以求以神传神；中国画注意留白，油画则画得溢边溢沿；中国画以线造型，油画则是一个一个的色块。虽同样是画，差异何其大也。画惯了中国画，转而学油画，好比跳惯了霓裳羽衣舞，如今要学跳探戈。聪明如陆小曼，油画也学得有模有样，一位来圣心学堂参观的外国人竟然出价两百法郎求陆小曼一幅画。

此外，陆小曼还能朗诵，会演戏，能够写一手漂亮的蝇头小楷，弹一手悦耳的好钢琴。陆定夫妇又替女儿专门请外籍家庭教师，教她通晓外国语言，如此不惜气力，造就一个名媛。陆小曼到剧院看戏或是逛公园，一个林黛玉似的瘦弱的人儿便走入人们的视野——细眉弯眼，身体伶俜，娴雅柔静，唇不点而红，眉不画而翠，看一眼教人魄醉魂飞，真叫人只恨不能当她发上的钗、臂上的钏、腕上的镯、脚下的鞋。这样的情景，怎能不吸引一大帮的追随者环绕身边？这个给她拎包，那个给她拿衣服，她眼波流转，步态从容，宛似女王。

社交界的宠儿

不满18岁的陆小曼因年轻美貌，精通法文和英文，由圣心学堂推荐，去外交部工作，据说曾担任当时的外交总长顾维钧的助手。一篇文章这样说过：“陆小曼因精通英语、法语成为中国最早涉足外交领域的女性。她为中国外交第一人顾维钧做助手时不满18岁，三年外交生涯中，不乏闪光之处，对国家尊严的维护，深得国内外友人的赞誉。顾维钧曾当着陆定的面，对一位朋友说：‘陆建三的面孔一点也不聪明，可是他女儿陆小曼小姐却那样漂亮、聪明。’”更有一本写陆小曼的传记言之凿凿：“当时北洋政府的外交部长顾维钧要求圣心学堂推荐一名精通法文、英文又年轻漂亮的女孩子参加接待外国使节工作，陆小曼成了不二人选，那一年，她才17岁！”

不过，史实似乎在这里发生了一点偏差。

顾维钧，字少川，生于 1888 年 1 月 29 日，1912 年任袁世凯总统英文秘书，后任“中华民国”北洋政府国务总理，国民政府驻法、英大使，国民政府联合国首席代表、驻美大使，海牙国际法院副院长，被誉为“民国第一外交家”。他的履历如下：

起先于旧式私塾学习，后于 1899 年考入上海英华书院，1901 年考入圣约翰书院，1904 年自费留美，先入纽约库克学院，一年后考入美国哥伦比亚大学，专攻国际法及外交，获博士学位。

1912 年回国后，任总统秘书、内阁秘书、外务部顾问和宪法起草委员等职。

1915 年起历任北洋政府驻墨西哥、美国、古巴、英国公使。

1919 年和 1921 年作为中国代表团成员出席“巴黎和会”和“华盛顿会议”。在“巴黎和会”上，就山东的主权问题据理力争，以出色的辩论才能阐述中国对山东有不容争辩的主权，为维护民族的权益作出了贡献。

1922—1926 年先后任北洋政府的外交总长、财政总长、代理国务总理等职。其间，于 1924 年 5 月曾代表中国政府与苏联签订《中俄解决悬案大纲协定》。

……

如此说来，他担任北洋政府外交总长的时间最早也在1922年，那时候陆小曼19岁。

不过，一个19岁的女孩子，周旋在外交部的大舞台上，进退有仪，舒卷自如，艳光四射，灵秀逼人，就是现在的“超女”也做不到。这是旧式家庭对一个传统女子用传统方式所做的熏陶，又是新式教育教导出来的一棵“好苗”，好比天地灵气滋润一株灵芝草。她的成长让人嫉妒。她破茧成蝶，惊艳的瞬间，光芒四射。陆小曼的成功显得那么顺理成章，仿佛是注定的，一切都是不需要努力的美丽。也许太过顺利，命运之手，就在其后半生开了一个哭笑不得的玩笑。为了这个宿命，她经历了无尽的痛苦与挣扎。

陆小曼不止长相美，她的伶俐机智也为她加许多分。一次，法国的霞飞将军见中国的仪仗队动作凌乱，怀疑中国的练兵方式，陆小曼笑道：“因为您是当今世界上有名的英雄，大家见到您不由得激动，所以动作无法整齐。”其实大家都知道是怎么回事，近代史上中国军队孱弱也不是什么秘密，不过到底是一个弱女子凭着一言一笑挽回了一些国体的颜面。

她陪同外宾观看文艺表演，外国人说这么糟糕的东西，怎么还能上演？这话来者不善，可以想见那外国人鼻孔冲天的高傲模样，陆小曼说，这是我们国家特有的节目，只是你们看不懂而已。这话说得着实不客气。这个女孩身上有刺，平时倒帖帖地伏着，不能惹，惹着了会竖起来，管你是谁。

这，就是真正的陆小曼，不是“疏影横斜水清浅，暗香浮动月黄昏”，也不是时时刻刻的花间好鸟鸣啼，惹怒了她，她便是玉碗里盛的一捧雪，清清冷冷，若是端起，冻痛你的手指。

陆小曼会跳舞，在外交部期间更是无舞不欢。你看她身段柔，眼儿媚，秋波慢，衣袂飘舞，不似在人间。

再聪颖灵秀，她毕竟还只是一个孩子，鲜花、掌声、灯光、舞池，教她变得虚浮，云里雾里。日后陆小曼的慕虚荣、爱华服美衣、甘于享乐、任性和这段看似风光的经历有没有关系？纵使人间给了美丽许多宽容和权利，可是命运不肯给美丽许多宽容和权利。天纵美女，天也枉美女。

在外交部的那几年，如琢如磨，如砥如砺，把陆小曼打磨得光明灿烂，圆滑如珠。她真正成了一个可进可退、可攻可守、说笑有度、做事有方的名媛。她经历了许多事，见过了许多人，其中不乏国人敬之若神、畏之如虎的高鼻蓝眼的外国人。经多见广方心胸广阔，所以日后陆小曼一身素衣行走人世，待人热情敦厚而不尖酸刻薄，没有小家子气的做派。而她日后的任性、纵情的豪奢，也与她的经历见闻有关。你看她从始至终，自小至老，都不曾浓妆艳抹，也不会搔首弄姿。她不烫发，不赶时髦，不穿高跟鞋。一头柔顺的直发，一双平底缎鞋，一件毛背心，就足够她才调绝伦。她成为我们所知道的陆小曼，不独是她的原因。她的家庭、学校、工作，她所经所见的人和事都一起“发酵”作用，最终成就了让人又爱又恨、又怨又怜的“这一个”。

如果说原本的大家闺秀给人的印象是只可仰望，不可攀附，如同观音端正着脸色，不染凡尘，她这个大家闺秀给人的感觉却是容貌既美，气质又新，如鱼鸟肯亲人近人。她的樱唇吐出的一串串洋文已经足够令人惊艳，她的做派又是见过大世面的人才有的淡定从容，更是教人仰慕。她像是一个新时代到来的象征，透过她，人们看到的是新花新景。

所以，这个偌大的、方方正正的皇城，滴溜溜旋转起一颗“夜明珠”。她扬手、她摆臂、她踏足、她拧腰，她进、她退、她笑——在男士们纷纷邀之不迭的臂间旋转，衣香鬓影间，她能看得见女士们既醋又妒的眼神。这一切让她骄傲，让她自满，让她觉出自己的美，又从美中生发出淡定的得意：看吧，这就是我。

与此同时，大上海，还有一个这样的大家闺秀，叫唐瑛。一南一北，各领风骚，时人号称“南唐北陆”。陆小曼与唐瑛比并在一起，陆小曼不亏；唐瑛与陆小曼比并在一起，唐瑛不亏。昔年双星照日月，如今美人安在哉？

1924 年，为庆祝印度诗人泰戈尔来华，北京学界在协和医学院的礼堂特意出演他的诗剧《齐德拉》。剧中，林徽因饰公主齐德拉，徐志摩饰爱神，没陆小曼什么事。人家嫩箨初发，染绿情丝，她与徐志摩尚且春风秋月不交关。陆小曼站在礼堂门口，发售演出说明书，一位叫赵森的人事后回忆当晚：“在礼堂的外部，就数陆小曼一人最忙——进来一位递上一册说明书，同时收回一元大洋。看她手忙脚乱的情形，看她那瘦弱的身躯、苗条的腰肢，眉目若画，梳一丝不乱的时式头——彼时尚未剪发，斜插一枝鲜红的花，美艳的体态，轻嫩的喉咙，满面春风地招待来宾，那一种风雅宜人的样子，真无怪乎被称为第一美人。”

胡兰成于《禅是一枝花》书里解说禅宗公案，不晓得怎么就说起来女孩儿家爱颜色：

“有时忽然见着一个颜色，如极好的娇黄或极好的青色，当下你会有如看见了你自己，那颜色也真的就是你自己呀！在一切都是好的世界里。有个同学与我说她家里分两派，姊妹都反日，唯有她二哥迷日，其实他又只为迷一日本女子。那同学道：‘我二哥去年到日本去开学会，去看能乐练习，有一女子姓中司，是中学教员，每周也来学舞，她在能乐的舞台上执扇而舞，束发的押发针的宝石红，随着身体的旋转一闪一闪，给我二哥非常女性的感觉。中司生得纤弱秀丽，人前进退应对有礼仪，我二哥说她真是个小小可怜娘，像田塍上的槿花。我二哥就被她头上押发针的一点宝石红迷住了。中司因师父介绍，随众认识了我二哥，回去搭电车恰好有几站是同路，她在电车上应对，极敬重我二哥，且觉得亲近，也不过是这样。唯有那晚她舞时押发针闪动的宝石红，听我二哥讲起来，我都为之神往了。那仅仅是一个颜色呵，可是古今来女色的色都在这里了。’”

陆小曼鬓边那一枝鲜红的花，也是古今女色的颜色都在这里了；又像一道优美的声音，天地都被她的花打响了，余韵不歇，如今尚听得见。

一代名花落王赓

“北方有佳人，绝世而独立。一顾倾人城，再顾倾人国。宁不知倾城与倾国，佳人难再得……”李延年的歌唱得多么美好。

时光漫漫，如雾如纱，世人面目漫漶不清，天地间似只见目光尽头一抹背影。她不肯回头，你亦不可教她回头，否则城池颠倒，江山倾侧，覆水难收。

偏偏世人如小儿，一心好奇与惊喜，定要鼓掌跳跃，欢呼笑叫：“回过头来，回过头来。”于是妲己回了头，褒姒回了头，飞燕回了头，玉环回了头，西施回了头，貂蝉回了头……

如今，陆小曼也慢慢地回了头。

红尘露重，步步烟生。

徐志摩的发妻张幼仪回忆初见陆小曼的情景：“吃晚饭的时候，我看到陆小曼的确长得很美，她有一头柔柔的秀发，一对大大的媚眼。”

王赓娶陆小曼的第三年，王赓去哈尔滨上任，陆小曼尚未同去，哈尔滨的大街小巷就到处贴满了她的海报。

徐志摩的好友何竞武的女儿何灵琰是徐志摩和陆小曼的干女儿，她评价陆小曼：“有人说陆小曼实在算不得美人，年轻时清清瘦瘦，中年牙齿掉了也不去镶，十分憔悴，但是在记忆中，干娘是我这半生见过的女人中最美的一个。当然，她如果生在现在，绝对没有资格参加选美。人不够高，身材瘦弱，自然谈不上什么三围，但她却别有一种林下风致，淡雅灵秀，若以花草拟之，便是空谷幽兰，正是一位绝世诗人心目中的绝世佳人。她是一张瓜子脸，秀秀气气的五官中，以一双眼睛最美，并不大，但是笑起来弯弯的，是上海人所谓的‘花描’，一口清脆的北平话略带一点南方话的温柔。她从不刻意修饰，更不搔首弄姿。平日家居衣饰固然淡雅，但是出门也是十分随便。她的头发没有用火剪烫得乱七八糟，只是短短的、直直的，像女学生一样，随意梳在耳后。出门前，我最爱坐在房里看她梳妆，她很少用化妆品，但她皮肤莹白，只稍稍扑一点粉，便觉光艳照人。衣服总以素色居多，只一双平底便鞋，一件毛背心，这便是名著一时、令多少人倾倒的陆小曼。她一举一动、一颦一笑，都别具风韵，说出话来又聪明又好听，到现在为止还没有再见到一个女人有干娘的风情才调。”

就连她不那么端正的就餐坐姿，都被她的干女儿赞叹：“干娘有胃气痛的毛病，所以养成一只脚踏在椅子上抱膝吃饭的习惯。这当然不是一种好习惯，也显得没有礼貌，但是干娘娇怯怯的好像西子捧心，别有一种风韵。”

郁达夫和王映霞夫妇拜访陆小曼后，王映霞对郁达夫说：“她确实是一代佳人，我对她的印象可以用‘娇小玲珑’四个字概括。”

与老舍交往甚多的女作家赵清阁访问中年陆小曼，回忆说：“她毫未修饰，这说明了她的心境，但她依然是美丽的，宛如一朵幽兰，幽静而超然地藏匿在深谷中。”

陆小曼的堂侄女陆宗麟也回忆1947年替她主持婚礼的陆小曼：“那时她已是45岁的中年人了，但她的风韵仪态还是引起了很多宾客的注意，这些人并不知道她就是二三十年代名闻京沪的陆小曼。”

虽然弘一大师《落花》诗有云：

“纷，纷，纷，纷，纷，纷，
唯落花委地无言兮，化作泥尘；
寂，寂，寂，寂，寂，寂，
何春光长逝不归兮，永绝消息。
忆春风之日暝，芬菲菲以争妍；

既乘荣以发秀，倏节易而时迁。

春残，览落红之辞枝兮，伤花事其阑珊；

已矣！春秋其代序以递嬗兮，俯念迟暮。

荣枯不须臾，盛衰有常数；

人生之浮华若朝露兮，泉壤兴衰；

朱华易消歇，青春不再来。”

可是疾病、衰老、哀痛，都不能毁灭她的美丽。凡是见她的男子，无不折服于这份美丽。

陆小曼名动京城，求亲者踏破门槛。最终，在唐在礼夫妇的引荐下，陆家爹妈选定了乘龙快婿王赓。

王赓，生于1895年，大陆小曼八岁，也是江苏人，出生于无锡一个家道衰落的官宦家庭。1911年清华大学毕业，被保送美国，曾在密歇根大学、哥伦比亚大学、普林斯顿大学就读，1915年获普林斯顿大学文学学士后转入西点军校。1918年西点毕业时为全级137名学生中的第12名。

无疑，这是一位优秀的年轻人。

王赓回国后任职北洋陆军部，1918年秋，任航空局委员；1919年“巴黎和会”召开，王赓受邀担任中国代表团武官兼外文翻译，声名鹊起。1921年，王赓晋升为陆军上校。就是这一年，陆小曼的父母看中王赓，一方面他前程似锦，另一方面他的父亲早逝，家累极轻。将来陆父陆母老夫妻只能靠这一个闺女，找这么一个女婿是再理想不过的，如一本闲书上讲：“……

说这穷小子将来一定有办法，毫不迟疑的，便把小曼许配了他”，时人称此为“闪电结婚”。从订婚到结婚，前后不到一个月，陆家包办一切。婚礼在“海军联欢社”举行，光女傧相就有九位，除曹汝霖的女儿、章宗祥的女儿、叶恭绰的女儿、赵椿年的女儿外，还有数位英国小姐。这些小姐的衣服也都由陆家订制。中外来宾数百人，几乎把“海军联欢社”的大门挤破。

金风玉露一相逢，便胜却人间无数。那也要风是金风，露是玉露。若是秋风起，春露重，就成了春花秋月不相干，相干也是苦相干。查尔斯王子就不爱单纯美丽如同天使的戴安娜，喜欢寡妇卡米拉。卓文君美艳新寡，多少名流求婚被拒，她却偏偏相中穷书生，夜奔相如。

二人相遇，外人再怎样看他们登对，看的也不过是有形的家世、根基、相貌、财势、权位，两个人的灵魂接触却从感觉上给自己反馈回信息：对或者不对。感觉对了，贫也是富，丑也是美；感觉不对，翩翩浊世佳公子也不过是粪土一般。春花不得秋月来朗照，秋花又吹拂不得春风。

世间怨偶，多是灵魂的渠道不通，就如陆小曼和王赓。那个时候，陆小曼还不懂爱情。她后来认识徐志摩，萌发外情，在日记中这样反思：“我现在才知道夫妻间没有真爱情而还需日夜相缠，身体上受的那种苦刑是只能苦在心，不能为外人道的。”

可是时人不懂，世人不懂，世世代代都不肯懂。他们只晓得看新郎是不是帅，新娘是不是美，若一个是帅，一个是美，那就是才子佳人，惹来铺天盖地的贺喜声。当时王陆婚姻轰动京城，报纸纷纷登出花边新闻，大意无外一代名花落王赓。

那是一个乱世。梁启超说：“神奸既伏，人欲横流，而进于演水帘洞，演恶虎村。”王赓是乱世中的幸运儿，虽家世衰败，却凭着“弃绝一切嗜好，立志苦读”（刘心皇《徐志摩与陆小曼》）为自己博得大好前程和如花娇妻。结婚第三年，王赓被任命为哈尔滨警察局局长。

从他的升迁之快，也可以看出他是一个工作狂。据说他每周六天都用来工作，不陪太太，不交际。这和他学军事出身有莫大关系，凡事严谨到不可走了板眼。从周一到周六是法定工作日，到了周日，则又是他的法定休息日。工作日陆小曼不得打扰，休息日陆小曼也不得打扰，因为他要为下一轮的工作攒足精神。

所以，最适合王赓娶来为妻的，应当是一个传统女性。男主外，一力打拼；女主内，连缀缝补。男主外，觥筹交错；女主内，娴静幽居。男主外，指令即下；女主内，垂首奉行。男主外，在家也是老太爷的模样；女主内，举眉举案，此外无言。至于夫妻腻在一起，喁喁细语，情话缠绵，眼风不断，难为死王赓也做不出来。他只知道把挣回来的薪金往家一交，就算尽了做丈夫的本分。

可见陆小曼不是适合他的人。陆小曼自从降生，贵为小姐，又经常在社交场上出现，横不能拈针，竖不能捏线；与其娴静幽居，她更愿意在舞池旋转；与其奉行夫命，她更愿意随心所欲；与其夫妻沉默相对，她更愿意鸳鸯相戏，交颈而语。所以，当王赓从外面回到家里，她寂寞一天，迎着他问一句："你回来了?"满心期待他热切回应，他却只是淡淡应一个"嗯"字，便踱入书房，一坐半天，撇下她好不荒寒。

七仙女下凡嫁董永，唱："你耕田来我织布，我挑水来你浇园。寒窑虽破能避风雨，夫妻恩爱苦也甜。"注意，是你耕田的时候我织布，我挑水的时候你浇园，不是你耕田来你织布，你挑水来你浇园，亦不是我耕田来我织布，我挑水来我浇园。独角戏难唱啊。

王赓薪酬多多，供养得陆小曼生活优渥。在他看来，这真的是值得自豪的，而且也是值得陆小曼仰慕和感激的；可是陆小曼生在富贵，长在富贵，眼高过顶，对他挣来的金钱并没有什么概念。在她的观念里：只是我吃什么你应当供养，我穿什么你也应当供养，因为这一切都是你应当应分的。而且你娶了我，是我下嫁，是你高攀。两个人的想法在一开始过生活就已经走上了两条路。两个人都觉得对方当感激自己，谁知道两个人都不感激对方。

再者，陆小曼每日里并无多少家务可以料理，只是无所事事。想起过去灯红酒绿、舞池旋转，不由怅然。在聚光灯下站过的人，非常非常害怕被遗忘。

以前看过一本书，里面写到一个人做的梦：他梦见自己醒了，周围没有一个人。房间外面有个小平台，平台下面是海，海面上到处漂浮着大大小小的冰块。海面基本是静止的，没有生物。他一直站在那里往四周看，看很久，想找出任何一个活动的东西，但是什么都没有。“周围偶尔有轻微的水声，冰山慢慢地漂浮。那个时候我心里清楚，整个世界，只有我一个人了，我觉得无比的孤独。在做完所有的事情后，我就坐在那里等着，我知道在等什么，但是我也知道可能等不来了。我想自杀，但是又不想放弃，我希望还有人活着，也许他也在找我，像我在找他一样……我等的时候，忍不住会哭出来。那种孤独感紧紧地抓住我，甚至让我自言自语都没有勇气。我有时候想跳下去，向任何一个方向游，但是我知道会游不动死在某个地方……”

书中所讲的这个人在现实生活中结了婚，有妻有子，生活美满，可是，孤独的感觉如影随形，即使梦醒了，还是会因此难过：“我宁愿自己是那些干枯的尸体，我宁愿在什么灾难中死去，我不愿意一个人那么孤独地等着……找着……但是在梦里我就那么等着，我总是带着那么一点点希望等着，可是，从来没有等到过。每次视线里的移动都只是冰山，每一次耳边的声音都只是海水，每一次……”

就是这样。孤岛上的荒凉。

所以，你说嫦娥的日子要怎么过下去？偷了灵药，长生不死，孤守广寒，碧海青天。谁是惦念你的那个人？谁又值得你去惦念？当整个世界只剩下你自己的时候，原来孤独并不美，它只是看上去很美。所以，美人遗世而独立，纵使你不招惹她，她也必定要回过身来，倾国倾城。因她忍不得那孤寂，她要人爱，要人疼，要人纵，要人怜。

比如陆小曼。

她是温水净瓶里绽放的花，需日日有人夸说漂亮，王赓不会讲；她是不甘困守金丝笼的鸟，需在晴天丽日下飞翔，王赓不肯放；她要跳舞，王赓嫌庸俗；她爱交际，王赓怨浅薄。王赓欣赏不了她的浪漫，她欣赏不了王赓的严谨。若寒门碧玉，嫁了王赓便是飞上枝头变凤凰，偏偏陆小曼家境又优于王赓，对他的衣食供养不稀罕。

他们两个，既不以爱情开始，又不能在婚姻中让爱情之花慢慢绽放，所以注定不是良缘。

陆小曼此时的生命如登孤岛，如入冰山，碧海青天守广寒。

第二卷

恨不相逢未嫁时

徐志摩出现了

世上事，真的说不清幸还是不幸。陆小曼嫁得良人，却在日记里写："其实我不羡富贵，也不慕荣华，我只要一个安乐的家庭、如心的伴侣，谁知连这一点要求都不能得到，只落得终日里孤孤单单的，有话没人能讲，每天只是强颜欢笑地在人群里混。"于是她就真的一天天混，打牌、听戏、跳舞、唱戏。

"夜深人静时可有人听见我在哭，灯火阑珊外可有人看见我在跳舞。"陆小曼和王赓，真是两个世界的人，彼此相对，互相不懂。陆小曼的打牌、跳舞对于王赓来说是陋习、是靡费、是奢侈、是无聊；王赓的寡言忙碌对于陆小曼来说是沉闷木讷、是无聊无趣。王赓看不惯陆小曼，说两句陆小曼也急；陆小曼看不惯王赓，说两句王赓也急。人生观、世界观、价值观哪哪都不一样的两个人，过起日子磕磕撞撞，彼此损伤。

午夜梦回，胸怀冰冷，那个不是陆小曼爱的人，至于她爱的人当是什么模样，她又懵懵懂懂。她渴望温情，却难得温情；纵想沉沦，谁又陪她沉沦。婚姻不是因爱而生，真的算不上好婚姻。

然后，徐志摩出现了。

徐志摩，生于1897年1月15日，逝于1931年11月19日，英年早逝。现代诗人、散文家。原名章垿，字槱森，留学英国时改名志摩。曾经用过的笔名包括：南湖、诗哲、海谷、云中鹤、仙鹤、删我、心手、谔谔等。

徐志摩在《给新月》中谈到发起新月社的缘由时说："我们当初想望的是什么呢？当然只是书呆子们的梦想！我们想做戏，我们想集合几个人的力量，自编自演戏，要得的请人来看，不要得的反正自己好玩。"总之，一个颇具盛名的文人社团就这么戏耍一般地成立了，住在北京石虎胡同的徐志摩是其中的精英，于是大家——胡适、闻一多、梁实秋、余上沅、丁西林、林徽因等大多会来此聚会，吟咏啸傲。

徐志摩家境富裕，在国内先后就读家塾、硖石开智学堂、杭州府中学堂、上海浸信会学院暨神学院。父母替他与出身名门的张幼仪订下婚约，因为两个人既不了解又无爱情，徐志摩开始不肯，后来祖母哀求，他才忍痛成婚。不久他便离沪北上，辗转求学。他先是求学于天津的北洋大学法科，因北洋大学法科并入北京大学，又于北大就读两年。徐志摩1918年赴美留学，得文学硕士学位。1920年赴英欲追随罗素从学，因故未果后结识林徽因和英国作家高斯华绥·狄更生，借助狄更生的介绍，次年入康桥大学（现剑桥大学）皇家学院。剑桥两年，徐志摩开始创作新诗。

1922年，徐志摩回国。

徐志摩是新月派代表诗人。作家苏雪林评价他的诗：“民国十年左右的文坛，北方归鲁迅、周作人兄弟统治，南方则‘创造社’与‘文学研究会’对峙，对于青年心理有很大影响。北方唯一诗人是冰心，南方则郭沫若了。民国十一、二年间忽然从英国回来了一批留学生，其中有几个后来以文学显名，徐志摩就是其中之一。当他在《晨报副刊》《学灯》《小说月报》发表他的《康桥，再会吧》《哀曼殊斐尔》等诗，其雄奇的气势，奢侈的想象，曼妙的情调，华丽的辞藻，都以一种崭新的姿态出现。所以大家不约而同地用惊异的眼光看他。有的心怀妒忌，恨不得趁这条巨蟒尚未完全蜕化为头角峥嵘的龙来争夺自己的地盘时，把它一拳打死；有的却暗暗欢喜说，我们的真诗人出现了，我们渴望的艺术诞生了。前辈文人如梁启超等对他特别赏识；甚至嫉视白话文学如寇仇的章士钊，也许之为‘慧业文人’；死抱传统思想，学衡派巨子吴宓对他亦具有好感。徐志摩这奇怪的人物，出马文阵不久，便征服了青年、中年、老年的心，跃登第一流作家的坛坫。他在文学界成名之迅速，不亚胡适之于学术界。”

而此时他已与发妻张幼仪离婚，钟情林徽因。林徽因却在最初心动过后，属意梁思成。所以与陆小曼遇见时，两个人同是游离飘荡的寂寞灵魂。

其实徐志摩和王赓都是梁启超的学生，二人同气同声。不过两个人的气质、性格都不同。王赓是如山如石的踏实与沉稳，徐志摩是如水如云的动荡与飘动。王赓视工作为命门，徐志摩视诗与爱情为命门。

说起来，王赓虽是武人，却有文人气质，和文化圈的人来往也很密切。1921 年，文学研究会成立，王赓是早期会员，编号是 34 号，而徐志摩是 93 号。可见王赓资历之老。不过越是文人气重，越是难以行走官场江湖，所以王赓后来运气蹭蹬，估计和这个也有关系。而且他虽然有文人气质，却又一板一眼，板正得可怕，没有流荡的才调，所以才不招陆小曼喜欢。1924 年，王赓接调，要北上哈尔滨担任警察局局长，陆小曼随夫北上。时隔不久，陆小曼因为不适应这个寒冷的城市的冷清与孤寂，要回北平，王赓也没有阻拦。事实上，陆小曼之所以回北平，是因为北平有着一个徐志摩，让这座大城发着光。

或许，陆小曼和徐志摩是一路人，张幼仪和王赓是一路人，结果造化弄人的老天爷却把他们错配了鸳鸯。

陆小曼和徐志摩相识的“媒人”，是胡适。胡适是北大教授，新月社的大哥，认识陆小曼较之徐志摩要早，且对陆小曼的美丽倾心。他在画家刘海粟来北平时说：“你到了北平，不见王太太，等于没到过北平。”刘海粟跟着胡适一行人去王家见“王太太”，底下人只是通报说“小姐就来”，海粟纳闷：我们要见的是一位太太，就是还年轻，怎么叫“小姐”呢？——王赓是寒门，他和陆小曼的婚事是陆家一手操办，估计下人也是陆家的人，所以并不改口，还依旧例称呼陆小曼为“小姐”。这个和她以后嫁给徐志摩，下人也跟着过去伺候，仍旧称呼她为“小姐”是一样的。过了一会儿，陆小曼出来。海粟大惊，在心里说：“这位女士真配叫陆小曼！”

说起来，胡适和陆小曼之间，也有过一些暧昧情愫悄悄生发，如墙角苔米花，又如花精木怪未能修成人身，只不过这段说不出口的感情不曾形成气候。1925 年 5 月 3 日，胡适将歌德的一首诗写好后送给陆小曼：“要是天公换了卿和我，该把这糊涂世界一齐都打破，再锻再炼再调和，好依着你我的安排，把世界重新改造过！”陆小曼回信也说：“我还有时恨你能爱我而不能原谅我的苦衷。”

1925 年 6 月，陆小曼给胡适写英文信，其中一封写道：

“我最亲亲的朋友：这几天我很担心你。你真的不来了吗？我希望不是，因为我知道我是不会依你的。热得很，什么事都做不了。只希望你快点来看我。别太认真，人生苦短，及时行乐吧。最重要的，我求求你为了你自己，不要再喝了。就答应我这一件事，好吗？你为什么不写信给我呢？我还在等着呢！而且你也没有给我电话。我今天不出去了，也许会接到你的电话。明天再给你写信。——眉娘”

信里的娇嗔，如小女孩仰头拽着大人衣服，大人低头去，看见灵动的眉眼和红嘟嘟的嘴唇，真是把心也萌化了。

所以胡适对小曼的动情，怕也不是假的，只是他不敢动，动就会“粉身碎骨”。

何以会“粉身碎骨”呢，这里要提一下，胡适是有家室的。

胡适十三岁由母亲做主，与一乡下的小脚姑娘江冬秀订婚。此后胡适赴美学习，二人十四年未曾见面。1917 年，胡适学成归国，与其完婚。1923 年，胡适与在杭州师范读书的同乡、当年婚礼上的伴娘曹诚英相恋，江冬秀得知后，“操起一把菜刀，一手搂住只有两岁的小儿子思杜（1921 年生），一手拖住大儿子祖望（1918 年生），顷间将刀勒向自己的脖子，对胡适声泪俱下叫道：‘你好！你好！你要那个狐狸精，要和我离婚！好！好！我先杀掉你两个儿子！再杀我自己！我们娘儿仨都死在你面前……’”胡适吓惨了，自此再不敢拈花惹草。

江冬秀也是贤妻，待胡适极为尽心，且孝敬婆婆，善待族中子弟。胡适对她又爱又怕，一力奉行“三从四德”：太太出门要跟从，太太命令要服从，太太说错话要盲从；太太化妆要等得，太太生日要记得，太太打骂要忍得，太太花钱要舍得。所以，想要胡适与陆小曼之间掀起波澜，怕不大可能，就便有，也不过一缕暗流。

胡适向陆小曼引见了徐志摩，却无意间作了徐、陆二人的风花媒人。此后雨狂风骤，徐志摩为避流言，远赴欧洲。陆小曼孤苦一人，又被丢下，一霎时起楼台，一霎时楼又塌。此时恰巧胡适与曹诚英的婚外恋情也暂告一段落，两个人暂且一同听戏，一起说话。陆小曼为避胡适发妻江冬秀的耳目，还模仿男子笔迹用英文给胡适写信：

“我就用这封信来代替我本人，因为我的人不能到你身边来。我希望我的信可以给你一点慰藉。……”

“你怎么又发烧了？难道你又不小心感冒了？今天体温多少？我真是焦急，真希望我能这就去看你，真可惜我不可能去看你。我真真很不开心。……”

“喔！我现在多么希望能到你的身边，读些神话奇谭让你笑，让你大笑，忘掉这个邪恶的世界。你觉得如果我去看你的时候，她（即胡适太太江冬秀）刚好在家会有问题吗？请让我知道！”

只是胡适不敢再往前走了。这一点感情如雨打水洼，水面上起了一点小小的水泡，转眼又轻微爆裂，“啪”一声破掉。

后来徐志摩与陆小曼终在　起，却不过儿年又天人永隔。陆小曼又断断续续给胡适写过书信，语气仍带一些小女孩的撒娇：“我们虽然近两年来意见有些相左，可是你我之情岂能因细小误会而有两样么？你知道我的朋友也很少，知己更不必说，我生活上若不得安逸，我又何能静心地工作呢？这是最要紧的事。你岂能不管我？我怕你心肠不能如此之忍吧！”

胡适倒是允诺要帮她解决生活困难，不过却要她不吸大烟，离开当时与她同居的翁瑞午来南京，由自己帮她安排新生活。只是陆小曼拒绝了。此后二人相背而行，谁也不再是谁的阳关道，谁也不再是谁的独木桥。抑或谁也不曾是谁的阳关道，谁也不曾是谁的独木桥。

言归正传，还是让时光倒转回徐志摩与陆小曼最初相见的那一刻。

二人相见是怎样的情形如今已无可考，就像写在沙上的字早被风吹雨抹，倒叫人想起席慕蓉有诗《初相遇》：“美丽的梦和美丽的诗一样，都是可遇而不可求的，常常在最没能料到的时刻里出现……”

那一刻芳草鲜美，那一刻落英缤纷。

那一刻美得，教人落泪。

老天爷一向肯成全人，世间本来也无什么偶然的相遇。想必是它听见了陆小曼孤寂中的心声，赐下了一个才子；或是听见了徐志摩的心声，赐下了一个佳人。二人各为彼此跋涉千里，那一刻相遇。正是若论知音稀，人生何处不相逢。

说实话，王赓是冤的。他爱陆小曼爱到陆小曼和他离了婚，他不肯再娶。爱到徐志摩去世，他希望陆小曼重回身边。在王赓的生命里，陆小曼是他唯一的妻子，满园的花，只有这一朵是他的。无论她怎么想，反正他是这么想的。“曾经沧海难为水”的是他，不是她，也不是徐志摩，也不是徐志摩去世后和陆小曼同居多年的翁瑞午。也有人说王赓五十岁那年终于和一个小他三十岁的女人结婚生子，纵使如此，那又如何。

寂寞如同病酒

陆小曼的风采动人不用说，徐志摩在当时也是一时无双。

爱情是带有情绪的，有时候它是带着泪水的甜蜜忧伤，有时候它是忧愁过后的温馨……而来临的时候，更多的是一种思念，那是甜蜜与痛苦的焦灼。

徐志摩回国后，在北京大学、清华大学、平民大学授课，并主编《晨报·副刊》，发表诗歌作品，出口成章，下笔成文，惹人仰慕。此后他更作为泰戈尔访华时的翻译，陪着全国讲演，在民众面前的曝光率更高，更令人仰望。此外，他与张幼仪已经离婚，如此种种都在为他加分：帅哥、才子、海归、教授、富家子弟、单身贵族，让他想不成为少女们的大众情人都难。

据说他演讲的时候，底下总少不了女学生的窃窃私语和仰慕的尖叫，就像时下的明星出场一样。一代诗人的演讲，必不刻板沉重，而是行云流水，充满流动的幻想，如诗，如风。苏雪林回忆她见到徐志摩受邀到苏州某女子中学讲演时的情景，“记得那天天气极冷，诗人穿了一件灰色绸子的棉袍，外罩一件深灰色外套，戴着阔边眼镜，风度翩翩，自有一种玉树临风之致。……他那天演讲的是什么题目，事隔多年，今已不忆，横竖不出文学范围。诗人宣读讲稿时，有一种特别音调，好像是一阕旋律非常优美的音乐，不疾不徐，琮琤顿挫，有似风来林下，泉流石上，实在悦耳极了。”

对于第一次见到徐志摩的情景，苏雪林如是说：“记得有一次，那些留英同学在某高级酒店宴会，座中有诗哲徐志摩，兰子约我去瞻仰瞻仰。那一晚我才认识了钦羡已久诗人的‘庐山真面’。他的形貌大概很像梁实秋先生所形容：身躯是颀长的，脸儿也是长长的，额角则高而广，皮肤白皙，鼻子颇大，嘴亦稍阔，但搭配在一起，却异常的和谐。那双炯炯发光的大眼，却好像蒙着一层朦胧的轻雾，永远带着迷离恍惚的神情。这正是一双诗人的眼睛。诗人虽生活于这个尘世里，他的灵魂却栖息于我们永远不知道的梦幻之乡，或什么华严世界，所以如此吧。”

男帅女靓，郎才女貌，徐志摩与陆小曼是很登对。不过，这也只是外在条件而已，内在原因才是主要的。两个人都好比明灯，若宣说寂寞，怕会闻讯扑来无数飞蛾。可是若不是自己想要的那个人，别人来得再多，也只能让寂寞更寂寞。只有两颗灵魂同频振动，方能认作知音。若是遇到了，管它前路如何，先爱了再说——寂寞如同病酒，喝死不肯回头。

徐志摩是个离经叛道的人，他是梁启超的弟子，却和梁启超的儿子梁思成抢女朋友；林徽因嫁了梁思成，他又来抢梁启超的学生王赓的老婆。不是他故意这样做，实在是浪漫得不行了。梁启超当初因他在梁思成与林徽因中间搅和，并没有奋起师长之威棒打鸳鸯，而是写信以理劝说，要他万不可以有妻之身，用他人之苦痛，易自己之快乐。结果徐志摩却回信说："我将于茫茫人海中，访我唯一灵魂之伴侣，得之，我幸，不得，我命，如此而已。"

于是，为了这个崇高伟大的目标，他在施于结发妻子张幼仪苦痛之后，如今又来给王赓施加苦痛了。

而王赓却什么也不知道。

于是，徐志摩要拉他出去玩的时候，他就说："志摩，我忙，我不去，叫小曼陪你去玩吧！"陆小曼要拉他出去玩的时候，他就说："我没空，让志摩陪你去玩吧！"

就这样，两人就像被家长放了长假，兴高采烈地跑出去玩了。只是，王赓怎样也不会想到，这一玩，两人竟"玩"出了私订终身。

不能尽情相爱

“一枝红艳露凝香，云雨巫山枉断肠。借问汉宫谁得似，可怜飞燕倚新妆。”李白的《清平调》形容的这么美。“明皇秋八月，太液池有千叶白莲数枝盛开，帝与贵戚宴赏焉。左右皆叹羡久之，帝指贵妃示于左右曰：‘争如我解语花？’”（《开元天宝遗事·解语花》）皇帝自豪，因为美人如花，且会说话——会说好话，会说软话，会说呢哝的话，会说懂他的话。他却没有替她想一想，自己可曾懂她，能不能说出懂她的好话和软话——因为他不必懂得。他高高在上，予生予杀。

说到底，再怎么样的“花解语”也是依附在树身上的一朵凌霄花。既解语，却又怕说错。凡是两个人的关系是依附者与被依附者，便是被傲慢者与傲慢者，被轻视者与轻视者，被俯视者与俯视者，善解人意者与被善解人意者。

陆小曼与王赓的关系也与此差不多，陆小曼是守家的，王赓是养家的。陆小曼若是甘当王赓的“解语花”，那就什么事也没了，偏偏陆小曼又没有这个自觉——她也有底气没这个自觉，因她的生长环境促使她不肯费心揣摩王赓在想什么，他想听什么样的话；更不会因为王赓想听就去说。王赓倒也没有帝王的自觉：你一定要替我解语，不然我就砍了你。相反，他颇有为人夫者的自觉——那就是：我挣钱养家就好了，至于知情知趣，那不是我的活儿。所以，他也不会去费心揣摩陆小曼想听什么样的话，也不会因为小曼想听就去说。（估计想说也说不来，说情话也是要天分的）于是，两个人的思维与情志就走岔了。都说陆小曼孤独，而有一种男人的孤独，却是咬碎了牙齿也不说。

就是在这场两不悦的感情里，诗人的出现，带来雷光电闪。

诗人是很奇怪的一个群体，薄情的诗人忒煞薄情，情多的诗人忒煞情多。具体到徐志摩，他就算出了家，想必也是仓央嘉措一般的诗人：“留人间多少爱，迎浮世千重变。和有情人做快乐事，不问是劫是缘。”

女儿是水做的骨肉，男子是泥做的骨肉。当徐徐的春风，暖暖地吹动着她的发带。她闪闪发光的眸子，充满了对未来的期盼。若人生没有穷尽，只有奔流入海的希望，她将是美好的神话。千篇一律的旋律总会让人疲倦，只有不一样的节奏才能让人留恋，回味无穷。个性鲜明的她，让人看一眼便铭记于心。名媛或许只是一个虚名，而长久存在的则是这个“另类”。一颦一笑、一举一动如同诗人笔下的文墨，写下来，便走进了他的眼里、心间。这女子满腔柔情，如宝刀出鞘，无独有偶，诗人们也就是偏偏最解女子情愫的那一个，是以有资格被女子争得，抢得，爱慕得，稀奇得，保有得，思念得。于是，女子们的劫难就来了。柔情似水，却因爱把那水都变作油来烘烘地烧着，全不顾火焰舔卷，噬了多少雕梁画栋、绫锦烟罗。

陆小曼就是着了火，这柴偏偏又是王赓给架的，不为别的只要妻子高兴就好。这件事外人看起来好傻，可是当事人做得如行云流水，自然成文。所以，也不要说世上女子痴情多，男子痴情起来，也吓死人的。

徐志摩弃了发妻，心仪徽因；结果徽因如凤，栖了梁思成这枝梧桐。他这颗诗人的心正百般空虚、苦闷，需要一份火炽的爱情。老天爷总归是让人求义得义，求情得情。他与小曼自此游山玩水，赏花踏青。她弹琴他能懂，他吟诗她肯听。最初也真的就是玩，私情奸杂之事均没有。可是，一起游山玩水，一起听曲跳舞，一起饮酒聊天，到最后同病相怜，我悲伤着你的悲伤，你寂寞着我的寂寞，时间长了，可怎么得了？

可是陆小曼不管，也没力气管。她实在是在寂寞里苦怕了，就如她在《爱眉小札》序里说的："在我们初次见面的时候（说来也十年多了），我是早已奉了父母之命媒妁之言同别人结婚了，虽然当时也痴长了十几岁的年龄，可是性灵的迷糊竟和稚童一般。婚后一年多才稍懂人事，明白两性的结合不是可以随便听凭别人安排的，在性情与思想上不能相谋而勉强结合是人世间最痛苦的一件事。当时因为家庭间不能得着安慰，我就改变了常态，埋没了自己的意志，葬身在热闹生活中去忘记我内心的痛苦。又因为我娇蛮的天性不允许我吐露真情，于是直着脖子在人面前唱戏似的唱着，绝对不肯让一个人知道我是一个失意者，是一个不快乐的人。这样的生活一直到无意间认识了志摩，叫他那双放射神辉的眼睛照彻了我内心的肺腑，认明了我的隐痛，更用真挚的感情劝我不要再在骗人欺己中偷活，不要自己毁灭前程，他那种倾心相向的真情，才使我的生活转换了方向，而同时也就跌入了恋爱了。”

爱情是一滴甘露，能够滋润枯竭的心灵，就像春天的烟雨蒙蒙。那么细腻、那么柔软滋养着美丽的花朵。徐志摩与陆小曼两个人的相遇是一种不期而遇的美丽，是一种内心的契合。据说陆小曼也是“新月社”成员。这个也有理可讲：徐志摩是不可能不把陆小曼也一起带进“新月社”的。两个人自然也盼望在丝竹散尽笙箫默的时候，能够执手相看，对月同酌。相爱后，徐志摩的快乐随着诗句一同宣泻：

假如我是一朵雪花，
翩翩地在半空里潇洒，
我一定认清我的方向——
飞扬，飞扬，飞扬——
这地面上有我的方向。
不去那冷寞的幽谷，
不去那凄凉的山麓，
也不上荒街去惆怅——

飞扬，飞扬，飞扬——
你看，我有我的方向！
在半空里娟娟地飞舞，
认明了那清幽的住处，
等着她来花园里探望——
飞扬，飞扬，飞扬——
啊，她身上有朱砂梅的清香！
那时我凭借我的身轻，
盈盈的，沾住了她的衣襟，
贴近她柔波似的心胸——
消溶，消溶，消溶——
溶入了她柔波似的心胸！

为什么从这首纯洁的诗里，我好像，似乎，也许，读到那么一丝丝肉欲的感觉……

说起来，世间柏拉图的情爱毕竟不多，凡是相爱的两个人，必定是要有指爪肌肤的相擦相摩。甚至一开始的时候，一缕发丝擦脸，都能够令人心神荡漾。就如徐志摩给陆小曼写的信中所说："今晚在真光我问你记否去年第一次在剧院觉得你发鬌擦着我的脸（我在海拉尔寄回一首诗来纪念那初度尖锐的感官，在我是不可忘的）。"而那首从海拉尔寄回来的诗里面写道：

桃花早已开上你的脸，我更敏锐的消受
你的媚，吞咽
你的连珠的笑；你不觉得我的手臂

更迫切的要求你的腰身……

徐志摩在他的《猛虎集》序文中写道："诗人也是一种痴鸟，他把他的柔软的心窝紧抵着蔷薇的花刺，口里不住地唱着星月的光辉与人类的希望，非到他的心血滴出来把白花染成大红他不住口。他的痛苦与快乐是深沉的一片。"这种味道，像极了《荆棘鸟》的开篇："有一个传说，说的是有那么一只鸟儿，它一生只唱一次，那歌声比世上所有一切生灵的歌声都更加优美动听。从离开巢窝的那一刻起，它就在寻找着荆棘树，直到如愿以偿，才歇息下来。然后，它把自己的身体扎进最长、最尖的棘刺上，在那荒蛮的枝条之间放开了歌喉。在奄奄一息的时刻，它超脱了自身的痛苦，而那歌声竟然使云雀和夜莺都黯然失色。这是一曲无比美好的歌，曲终而命竭。然而，整个世界都在静静地谛听着，上帝也在苍穹中微笑。因为最美好的东西只能用深痛巨创来换取……"

如今，徐志摩和陆小曼留给我们的美好，是用他们当年的深痛巨创来换取的；而他们彼时生命中的最美好，则用彼此结局的深痛巨创来换取。

很快，荆棘就展露出了牙齿。

爱情如同咳嗽无法遮掩，舆论一时间大片哗然。不过也有力挺他们的，郁达夫就说："志摩和小曼的一段浓情，若在进步的社会里，有理解的社会里，这一种事情，岂不是千古的美谈？忠厚柔艳如小曼，热烈诚挚若志摩，遇合在一道，自然要激发火花，烧成一片了，哪里还管得到纲常伦理？更哪里还顾得到宗法家风？当这事情正在北京的交际社会里成话柄的时候，自己就佩服志摩的纯真和小曼的勇敢，到了无以复加。”他还说：“记得有一次在来今雨轩吃饭的席上，曾有人问我对这事的意见，我就学了《三剑客》影片里的一句话回答他：‘假使我马上要死的话，在我死的前头，我就只想作一篇伟大的史诗，来颂美志摩与小曼。’”

可惜，大多数人不肯放宽爱情的门禁。

风雨如晦。

“新月社”从石虎胡同搬迁到松树胡同七号，徐志摩借着庆祝的由头，央求胡适邀请了同为“新月社”成员的陆小曼。二人执手相看泪眼，竟无语凝噎。前路纵非“念去去千里烟波”，却仍旧“暮霭沉沉楚天阔”。

世间安得双全法

有这样一种女子总让人又爱又恨，她是带刺的玫瑰，娇艳欲滴，不禁让人想拥入怀中。陆小曼便是这样一个女子。左手是夫君，右手是爱人，纠纠缠缠，在这场三角恋里，三个人都不开心。

徐志摩说："曼，我已经决定了，跳入'油锅'，上'火焰山'，我也得把我爱你洁净的灵魂与洁净的身子拉出来。"陆小曼说："做人为什么不轰轰烈烈地做一番呢？我愿意从此跟你往高处飞，往明处走，永远再不自暴自弃了。"至于王赓……王赓什么也没说。

没法说。

一个是同学，一个是老婆，两个人拧起劲来跟他“拔河”，而他公务在身，还要工作。他不过就是想要在事业上做出点名堂，有错吗？结果他的名字传遍大街小巷，不是因为他工作做得多出色，而是因为同学和老婆合伙给他戴“绿帽子”。再迟钝的人，也能感受到这种来自人群的隐隐嘲笑。更有和徐志摩、陆小曼站一个立场的人，视陆小曼为“白素贞”，徐志摩是“许仙”，王赓是冷面无情的“法海”，这更是令王赓百口莫辩。

可是这个“法海”真够冤的。陆小曼的母亲吴曼华天天守着陆小曼，不让她和徐志摩单独见面。两个人商量要私奔去西湖，也被她当即识破。然而，王赓却答应陆小曼和徐志摩可以见面，虽然时间往往只有短短的五分钟，但对于相爱火热的两个人，也是弥足珍贵，不至于死于相思。

王赓不是懦弱的人，据传他发现二人私情后，曾拔枪对着徐志摩。有人说他狠恶，可是夺妻之仇犹如杀子之恨，就是武大郎被西门庆勾引了潘金莲，还要闯入门去理论一番，王赓没有指挥着部下一人一脚把徐志摩踩成纸片，也没有亲自持枪在徐志摩身上钻几个洞眼，已经算是极端有教养。他甚至还说：“夫妇的事，合得来是夫妇，合不来就算了。”这样看来，二十世纪三四十年代刘心皇写《徐志摩与陆小曼》一书中说“王赓是徐志摩和陆小曼恋爱事件中的伟人”，此话殊不谬赞。

可是若要教陆小曼守着这样一位忠诚厚道如君子一样的夫君，她又决然不肯。张爱玲的小说《金锁记》里的曹七巧，娘家希图富贵，将她嫁与豪门残疾人做妻，她就成天守着那半死不活的活死人锦衣玉食。看见小叔子那个荡子便要勾引，教小叔子当心自己的身子，又试着将手贴在他腿上，道："你碰过他的肉没有？是软的、重的，就像人的脚有时发了麻，摸上去那感觉……天哪，你没挨着他的肉，你不知道没病的身子是多好的……多好的……"就是这样。因为守着残疾的身子，就渴望着健康的肉体；因为守着木讷的感情，就渴望火一样地燃烧，哪怕成为灰烬。所以陆小曼彻底沦陷，有徐志摩在的地方，就有光焰跳跳地闪，她的眼睛会焕彩，脸庞会发光，身体如同柔软的杨柳，倾向春风吹往的方向。

徐志摩对陆小曼也爱到极点："今天早上的时刻，过得甜极了。我只要你；有你我就忘却一切，我什么都不想什么都不要了，因为我什么都有了。与你在一起没有第三人时，我最乐。坐着谈也好，走道也好，上街买东西也好。厂甸我何尝没有去过，但哪有今天那样的甜法；爱是甘草，这苦的世界有了它就好上口了。眉你真玲珑，你真活泼，你真像一条小龙。"

"我爱你朴素，不爱你奢华。你穿上一件蓝布袍，你的眉目间就有一种特异的光彩，我看了心里就觉着不可名状的欢喜。朴素是真的高贵。你穿戴齐整的时候当然是好看，但那好看是寻常的，人人都认得的，素服时的眉，有我独到的领略。"

在这中间，有一个人真是很难做，她就是陆小曼的母亲吴曼华。吴曼华刚开始还是对陆小曼严加防范，对徐志摩冷冰冰的，但好歹还维持着一种礼貌。后来见打不退徐志摩一腔热火，干脆破颜相骂。即便这样，徐志摩怕是怕了，不敢再独自登门，却又多请上几个人同去陆小曼的家，又央请胡适做说客。吴曼华总不至于对着这许多都有头有脸的人物都附送上一顿臭骂。只是吴曼华也不妥协就是了：王赓是自己钦定的养老女婿，给女儿千挑万选出来的“驸马”，前程似锦，光明远大。至于徐志摩，又算得了什么，不过是一个教书的罢了。

对于陆母的软硬不吃，徐志摩也是很苦恼的，只能将满腹牢骚诉诸笔下：“眉，娘真是何苦来。她是聪明，就该聪明到底；她既然看出我们俩都是痴情人容易钟情，她就该得想法大处落墨，比如说禁止你与我往来，不许你我见面，也是一个办法；否则就该承认我们的情分，给我们一条活路才是道理。像这样小鹣鹣的溜着眼珠当着人前提防，多说一句话该，多看一眼该，多动一手该，这可不是真该，实际毫无干系，只叫人不舒服，强迫人装假，真是何苦来。”

后来陆父与陆母见二人眉来眼去得凶，舆论也闹得凶，干脆把陆小曼禁足。如此一来两个人如入泥塘，走投无路。

这个时候，救星来了——徐志摩收到泰戈尔的一封信。

泰戈尔受邀第一次访问中国是在 1924 年，那一次，老诗人和徐志摩十分投契，结成忘年交。泰戈尔访华结束，徐志摩又陪他访问日本，一直送他到香港，才依依惜别。

次年 3 月，泰戈尔写信邀徐志摩同游欧洲：正是徐陆二人恋情惹得舆情大哗的时刻。徐志摩左右为难，胡适劝他一往，他写信给陆小曼，反复申明自己矛盾的心情：一方面十分不想出去，因为不放心小曼，担心她有限的勇气敌不过环境的压迫力，该走一百里路也只能走满三四十里。毕竟陆小曼是他费了一番苦心做了精神启蒙的，陆小曼也好不容易在他的启蒙下从混沌的状态中醒来，想要做一个崭新的新女性。所以他在信里反复鼓励陆小曼要争气，要做出一番成绩，将来好让那些看扁了她的“浅薄的恶俗的势利的‘一般人’开着眼惊讶，闭着眼惭愧”；另一方面，他又知道暂时分别有很大的好处：一者即使自己离开了陆小曼，可是自己的思想还陪着她，陆小曼仍旧可以从自己传授给她的思想上汲取精神力量；二者自己也可去再受教育，再吸收营养，再提高。等于说：陆小曼是在家里冲破阻碍，挣破网罗，做一番成绩；自己是在海外继续提升，做一番成绩。这样半年下来，两个人如果都得到了提高，相聚时不是就可以胜利地微笑了吗。

所以说徐志摩这个人是很冷静、很懂得权衡的。看似火炭一般的热，内心在做决定的时候，却好像放着一个天平，左边放一个秤砣，右边放一个秤砣；左边再放一个秤砣，右边再放一个秤砣，这样加加减减中，就做出利益最大化的决定了。

但是，毕竟是要分别了，毕竟这次分别是被动的，被逼迫的。

午马导演的老电影《舞台姐妹》里，戏班被恶霸逼凌，琴师嘟囔了一句“江湖未尽风波恶，别有人间行路难”。人间果然行路难，徐志摩能一走了之，陆小曼怎么办？徐志摩可以轻轻巧巧说我们短暂分别也有好处，我是去学习，去充实，去提高，你也要努力挣脱旧势力的束缚与羁绊，然后轻巧地说“我看好你哟”，可是只剩下陆小曼一个人，面对着“荆棘山”。

说实话，这样的男人，让人很想一脚踹翻。

陆小曼却不这样想，在好不容易觅得一个与徐志摩见面的机会后，她反而相劝情人：“虽然我舍不得你走，你不在我说不定会被他们逼疯，我也会感到势单力薄，但我不会妨碍你的前途，你这次出去游历，和大诗人在一起，肯定会对你的才艺有极大的促进作用。再说，这样的环境，你在可能更糟糕，他们会防得更紧，不如你先离开，让我与他们周旋斗争，也让时间考验一下我们的情感，看看能不能忘掉对方？”

陆小曼的话语里有几层意思：第一，我舍不得你；第二，如果你不在，我也许会疯；第三，你走后，也许我会忘掉你；第四，你出去有助于提高才艺。第四个意思只是违心地表明自己的深明大义，其实第一个意思是“不要走”，第二个意思是“不要走”，第三个意思是“不要走”，说来说去就是这一个意思：不要走，不要走，不要走，不要走。

可是徐志摩还是决定要走了。在徐志摩出国前夕的饯行宴上，虽有王赓同时在座，她也不顾，只一杯又一杯地喝酒。有人劝她不要再喝，她便叫：“我不是醉，我只是难受，只是心里苦。”

徐志摩的心里也难受极了。恋爱中的两个人，长的是一颗心，一半在她那儿，一半在他这儿。她喝下去的酒，加增一半入了他的愁肠；她叫出来的苦，加增一半进了他的肚。他坐在一旁，咬紧牙关，替小曼熬着苦痛，也熬着自己的苦痛。

可是，这样喝酒也算是好吧，不然的话，该分别的时候，自己硬起头皮跟亲爱的小曼道别再会，小曼会更难过的；她的难过看在王赓的眼里，王赓若是对她冷言冷语几句，那份痛苦，岂不比醉酒更苦？醉了还可以借机发泄一下，若是清醒着，还没有发泄的权利呢，只能死闷在心窝。徐志摩一边这样反复权衡着，一边也就硬起心来，任由小曼喝醉了。只是他又不愿意小曼和这许多人一起喝，想想看，如果是两个人相对饮酒，那该是多好的。醉也是一同醉的，就是醉死了，也是醉死在一起的；即便是哭泣，眼泪都是流在一起的；两个人的心跳让胸膛紧贴着胸膛，"怦怦怦"地跳在一起的。极苦的离别和凄惶里有着刀也分不开的极乐。

是夜，当人群都散了，徐志摩也回了自己的居所，伴着孤灯给陆小曼写信：

"啊！我的龙，这时候你睡熟了没有？你的呼吸调匀了没有？你的灵魂暂时平安了没有？你知不知道你的爱正在含着两眼热泪，在这深夜里和你说话，想你，疼你，安慰你，爱你？我好恨呀，这一层的隔膜，真的全是隔膜，这仿佛是你淹在水里挣扎着要命，他们却掷下瓦片石块来算是救渡你；我好恨呀！这酒的力量还不够大，方才我站在旁边我是完全准备了的。我知道我的龙儿的心坎儿只嚷着'我冷呀，我要他的热胸膛偎着我；我痛呀，我要我的他搂着我；我倦呀，我要在他的手臂内得到我最想望的安息与舒服！’——但是实际上我只能在旁边站着看，我稍微的一帮助就受人干涉，意思说‘不劳费心，这不关你的事，请你早去休息吧，她不用你管！’……”

徐志摩一边写着，一边回忆着陆小曼口口声声叫着的“我不是醉，我只是难受，只是心里苦”，又觉到那种钢锥刺心的痛了。那个时候，如果陆小曼能不管不顾地说出一句“摩，我们走吧，我们私奔吧，我们死吧”等语，徐志摩也会毫不犹豫地做的！什么性命，什么名誉，去他的！

啊！徐志摩忘情地怀念着陆小曼醉后的容颜，那惨白的颜色，那静定的眉目，那宛如死时的圣洁与悲惨，令他觉得受到一种逼迫。他想要赞美，想要崇拜，因为那圣女一般的容颜，那献祭一般的容颜，好像马上就要永诀世俗。这一刻，相信没有哪个爱她的人不起贪念，想要知道在她最后呼吸的一刻，她的心是谁的，爱是谁的，灵魂是谁的！徐志摩的爱排山倒海，就算是同死，他也是敢的！如果今晚有一杯毒药，若是同小曼共饮，他也是敢的，而且“如饮醇醪”。

诗人都是孤独的，孤独成就了诗。无疑，徐志摩是孤独的。孤独的诗人往往渴望同伴，所以徐志摩一直在寻找，当年他找到了林徽因，林徽因走掉了；如今他找到了陆小曼，陆小曼又是别人家的。即使她是别人家的，这次他也不肯放松了，他一定要让她成为他的！“你是我这一辈子唯一的成就，你是我的生命、我的诗；你完全是我的，一个个细胞都是我的——你要说半个不字叫天雷打死我完事。”

长长的信写不完，可是毕竟是要走了，真是放心不下啊，所以他百般鼓励和叮嘱陆小曼，要她鼓起勇气，勇敢地面对流言蜚语。

“悄悄是别离的笙箫。”徐志摩带着对陆小曼的不舍，即将远行。

第三卷 人间自是有情痴

她准备涅槃

徐志摩离开北平，远赴欧洲。陆小曼不想去送行又不得不去，因为不去会被人猜疑；可是去了又只能戴着一张假面具，笑嘻嘻地说话，好像对他的离开满不在意。那么多双眼睛盯着，不能有单独讲几句话的机会。要她单独拉爱人到一边说几句体己的话，她又没有这份决心和勇气，就只能泪汪汪地看着他，话也说不出来，可是车马上就要开了。徐志摩呢，也一样的没勇气，只能用一双泪汪汪的眼睛看着她，想安慰又无从安慰起，想剖白无从剖白起，想解释无从解释起，想说个“爱”吧，又无从说起。

徐志摩走过来，握着陆小曼的手，陆小曼也就扯出一个苦苦的笑容，说：“一路顺风。”她低下头，既不敢看他，也不敢看别人。车开了，徐志摩站在车头，向一群人送手吻，那个吻，陆小曼知道他其实是单独给的自己。她直着眼睛看着车一点一点开远，他的影子一点一点模糊，眼前好像有一层东西隔着，一直到车也看不见了，人更是看不见了，耳边有人对她说：“不要看了，车走远了。”她如梦方醒，无味地回头走，车子里有王赓坐着，冷冷地问她：“为什么你眼睛红了？哭了吗？”

明明身旁有人的，可是她的世界空了。

回到家，走进屋子，四面都露出一种冷清的静，好像连时钟都不走了，一切都无声无味。陆小曼坐在书桌前，看见徐志摩给她的信、日记，拿在手里发怔，也不敢去看，也不想开口，只是呆坐着，也不知道自己要做点什么才好。可是，就这么静下去也是好的，不要谁来打扰，反正哪个人来，都不是自己想念的那一个。

几天后，陆家在广济寺做佛事，全家都去，她当然也要去。虽然心里说不出的难过，可是人间的应酬还是要的，那种硬把脸皮扯开来笑的感觉让陆小曼无法忍受，就找一个机会躲到后边大院。大院里一片如画的白月光，照得栏杆、花、木、石桌，样样清清楚楚，静悄悄的一个人都没有。那一片静，好像使人能把前尘过往一并忘却，把思念与烦恼一并忘却。她本来胆小，此时却也不觉得害怕，一个人走过石桥在栏杆上坐着，耳边传来别院的琴声、钟声、禅声，原本超脱出尘的音调听来别有一种凄凉，惊动了她的愁肠。一直忍着不敢流的眼泪如潮水倾泻，让她哭了又哭，哭了又哭。

真是花魂默默，鸟梦痴痴。

恍惚不觉日月过，一日陆小曼去西山大觉寺散心，坐轿子上山，远处一片白茫茫。陆小曼问轿夫："山上是雪吗？怎么还不化？"轿夫笑了，说："真是城里姑娘不出门，连杏花都不认识，倒说是雪？你想五六月里哪来的雪呢？"原来杏花都开了啊，原来春天都已经过去了，为什么这么像冬天。

说起来，徐志摩和陆小曼应该都属于"灵商"很高的一种人。"灵商"是20世纪90年代出现的一个新的词汇，相对于情商与智商而言，即灵感智商，就是对事物本质的灵感、顿悟能力和直觉思维能力。人类能力并不只分为体力与智力，还有一个灵魂的追寻能力，这个大约就是"灵商"的意思。

在徐志摩和陆小曼的通信中，不止一次提到有关灵魂和性灵方面的事。

徐志摩说："爱的生活也不能纯粹靠感情，彼此的了解是不可少的。爱是帮助了解的力，了解是爱的成熟，最高的了解是灵魂的化合，那是爱的圆满功德。没有一个灵性不是深奥的，要懂得并认识一个灵性，是一辈子的工作。这工夫愈下愈有味，像逛山似的，唯恐进得不深。"

"我不仅要爱的肉眼认识我的肉身，我要你的灵眼认识我的灵魂。"

"你看看地上的草色，看看天上的星光，摸摸自己的胸膛，自问究竟你的灵魂得到了寄托没有，你的爱得到了代价没有，你的一生寻出了意义没有？你在北京城里是不会有清明思想的——大自然提醒我们内心的愿望。”

他对陆小曼的期待，就是要她成为中国的伊丽莎白·白朗宁。或者说，怀着一个理想，要把一个贪玩的、奢侈的女子，挖出她心内深埋的性灵，把她改造升级成中国的伊丽莎白·白朗宁。

而他与陆小曼的相爱，对自己也是成全。他先前总觉得自己仿佛是一直站在比较高的地方向下望，对陆小曼的态度是怜惜的，疼爱的，同时也是斜着向下的。渐渐的，他感觉到了自己的看法是不对的，他和陆小曼是一样高的，他的视线只能平视，不能俯视。陆小曼的灵性渐渐进入到徐志摩的灵性里面，他觉悟到了她的灵性对自己的影响，他从陆小曼苦恼悲惨的婚姻和情感里憬悟到她的高洁的灵魂，觉得自己简直是看到了上帝的神光，于是他连平视都不敢了，不由自主地降低了身段，仰起头来，献给她自己那有限的真情与真爱，向她诉说自己的惊讶与赞美：“你这样一朵稀有的奇葩，绝不是为一对不明白的父母，一个不了解的丈夫牺牲来的。你对上帝负有责任，你对自己负有责任，尤其你对于你新发现的爱负有责任，你以往的牺牲已经足够，你再不能轻易糟蹋一分半分的黄金光阴。”

而陆小曼原本懵懂，却被徐志摩“教唆”得也开始追寻灵魂，这个大的目标一经确立，如黄雀猛地站立花枝，纷纷惊落昨夜春雨，于是她的整个生命都变得不一样，有激情，敢牺牲。

恐怕这才是她投身爱情的真正原因。她不是为爱情牺牲，是为了在爱情中能够教自己的灵魂更圆满、更纯净、更高贵、肯牺牲。

灵魂是凤，爱情是火，于是，她准备涅槃："从前多少女子，为了怕人骂，怕人背后批评，甘愿自己牺牲自己的快乐与身体，怨死闺中，要不然就是终身得了不死不活的病，呻吟到死。这一类的可怜女子，我敢说十个里面有九个是自己明知故犯的，她们可怜，至死还不明白是什么害了她们。摩！我今天很运气能够遇着你，在我不认识你以前，我的思想，我的观念，也同她们一样，我也是一样的没有勇气，一样的预备就此糊里糊涂地一天天往下过，不问什么快乐什么痛苦，就此埋没了本性过它一辈子完事的；自从见着你，我才像乌云里见了青天，我才知道自埋自身是不应该的……"

只管相思

评剧《刘巧儿》里，新凤霞扮演的刘巧儿巧笑倩兮，美目盼兮，挎着篮子边走边唱："巧儿我自幼儿许配赵家，我和柱儿不认识我怎能嫁他。这一回我可要自己找婆家呀……"

1956年的老电影，相对于陆小曼的年代，已经是先进。陆小曼的时代更讲究的是门当户对，郎才女貌。至于爱情？有这种东西么？所以陆小曼跟自己的母亲讲说苦闷，"照这样的日子再往下过，我怕我的身体上要担受不起了"，母亲却说她自寻烦恼，自找痛苦，好好的日子不过，一天到晚只是去模仿外国小说上的行为，讲爱情，说什么精神上痛苦不痛苦，那些无味的话有什么道理。

陆小曼的母亲，有点像《红楼梦》里的王夫人，是老派的大家闺秀。王夫人的哥哥王子腾官高位显，她在贾府亦是一人之下，百千人之上。可是贾政痛笞宝玉，她赶来相救，痛断肝肠，也不过是抱着贾政的板子跪在地下："老爷虽然应当管教儿子，也要看夫妻分上。我如今已将五十岁的人，只有这个孽障，必定苦苦的以他为法，我也不敢深劝。今日越发要他死，岂不是有意绝我。既要勒死他，快拿绳子来先勒死我，再勒死他。我们娘儿们不敢含怨，到底在阴司里得个依靠。"声声哀婉，对丈夫不敢稍有逾越。贾政安歇，亦多宿妾房。她对贾政是好的，齐眉举案，贾政待她亦好，可是想必从来不曾给她画过眉。她口不出声，心不含怨，因为她觉得女人应当如此，必须如此，不如此还能怎样。

可是陆小曼不肯听，于是世情不肯容。

更何况她的伴侣远赴海外，强敌环围，无人替她守护后背。可是她仍旧要拼，为了爱人。她要往前走，不管前面有几多的荆棘，一定直着脖子走，非到筋疲力尽绝不回头。因为她是找到了知音了，徐志摩不止看到她的表面，更认清她的内心。别人都当她是一个只会玩、只会穿的女子，只有他从她的假话和假的笑声里看透她的真心，认识她强颜欢笑的苦痛。人心孤寒，因为无人解得真，若是有人能够看清了自己的真，那是要肝脑涂地，亦觉得无以为报。所以，陆小曼有了改变生活的决心，为了爱人，她要认真做人。

其实，男人可以为了事业、为了灵魂拼争，女人若说拼争，哪怕嘴里说着为了灵魂，心里仍旧为了爱情——这是女人最高的圣经。

陆小曼怀抱她的信仰，被人指指点点，好比耶稣头戴荆棘冠冕，步步踩的都是火炭。她求助无门，一腔幽恨，诉诸笔端："我真恨，恨天也不怜我，你我已无缘，又何必使我们相见，且相见又在这个时候，一无办法的时候……现在叫我进退两难，丢却你不忍心，接受你又办不到，怎不叫我活活地恨死！难道这也是所谓的天数吗？"

少时读书，多少精妙文章不肯记，唯有记得这两句："有道难行不如醉，有口难言不如睡。"那时候也真的是醒少睡多，满腹心事无处着。陆小曼则宁醉不肯睡，连明彻夜地跳舞与打牌。既不能哭，那便笑罢；既不能想，那便忘罢；既不能爱，那便玩罢；既不能离，那便混罢。都道她人前言欢语笑，怎晓得她是伤心人别有怀抱。

陆小曼病倒了。家庭医生说她心脏和神经的病症严重，她无动于衷，好像生死是别人的事情。时值徐志摩离开一个多月，陆小曼住进医院，陆父陆母忧心如焚。王赓任督办浙江军务善后事宜公署高级参谋，人在南京，脱不开身，给胡适和张歆海二人写信："陆家有电报来叫我回京，苦的是我是军人，不能随便行动，说走就走。好的是一二日内就有机会来到，可以假公济私，人亦可以来京，钱亦可以多少带点。请你告诉小曼，好好安心调养……我没有到之前，你们两位更得招呼她点，见面再谢吧。"

让人感动的是“钱亦可以多少带点”，这是踏实过日子的人，晓得生病离不开钱。小曼再是陆家的人，终究是自己的妻，为妻看病是责任。他对小曼委实不能说是无情，只是识人不明，当初委托徐志摩照顾妻子，如今又委托胡适与张歆海照顾妻子，却不晓得胡适与张歆海、徐志摩是一气，替徐与陆暗通款曲；且陆小曼与胡适亦擦出些许暧昧火花。

陆小曼康复出院，王赓要调职上海，要她一同陪往。旁人求也求不来的英俊夫婿，陆小曼避之如泥，只盼着王赓调职的事情不能办成，因为若是事情办成，自己就要被“发配”。于是她也密切注意着事情的变化，看着王赓来来去去，又听说这次往上海调职的事情如果成功，就要把家也搬过去，于是她就每天都祝祷着王赓不能如愿，希望老天爷可怜见——哪见过做太太的祈祷丈夫的事业不能更成功的？可见真是离心离德，早已经离了十万八千里远。

所以，当她看见家里的人都喜气洋洋，母亲脸上像饰了金一样成天地笑的时候，她觉得日子真是没法过了，这个家里是没有自己位置的，徐志摩再不回来，都见不到自己了，因为自己的心脏都要裂了。她没有心思去自我安慰，也没有勇气和别人争辩。找个由头和王赓大闹一回，回房就哭。

她是真的再难忍受了，见丈夫如见前世的冤家，心跳气短，甚至晕迷在饭店。此前母亲教几个亲戚陪她去大觉寺散心，她却处处不忘徐志摩的影子，春色恼人，只教人想起他，不由得睡在蔓草上，闭着眼，轻轻叫着志摩的名字。就这么似梦非梦地睡了不知道有多久，耳边好像忽然听到爱人那活泼的笑声，像珠子似的在耳边滚：“曼，我来”；又觉得他正紧握着她的手往嘴边送，又好像他那顽皮的笑脸偷偷偎到她的颊边，抢了一个吻去。难道是他真的回来了？她急急睁开眼看，哪里有亲爱的人半点的影子；再低头看，原来她自己的右手不知道什么时候握住了自己的左手，身上多了几朵落花，花瓣儿飘在颊边，好像他来偷吻。

前人诗“庄生晓梦迷蝴蝶”，蝶舞飘飘，是他梦见了蝴蝶，还是蝴蝶梦见了他？世上的情，真是幻非幻，真非真。

为了能与爱人相守，她甚至都为两个人以后相伴想好了前景规划：“摩！我想到万不得已时我们还是躲到山里去罢！我这次看见好几处美丽的庄园，都是花二三千块钱买一座杏花山，满都是杏花，每年结的杏子，卖到城里就可以度日，山脚下造几间平屋，竹篱柴门，再种下几样四季吃的素菜，每天在阳光里栽栽花种种草，再不然养几个鸟玩玩，这样的日子比做仙人都美。”

可是徐志摩总也回不来。她心头苦痛，躺在病床上，心跳得好像要跑出喉管，身体又热得好像浸在火里一般，许多人围在床前。胡适见她病情凶险，瞒着她打了电报叫徐志摩回来。

王赓于陆小曼病的次日即启程往上海，而他的在还不如不在，小曼将他作透明人似的对待，只管自己相思。

终于还是被分开

徐志摩欧洲之行并不顺利，因泰戈尔助手的疏忽，他抵达欧洲之时，泰翁已经离去。而此时发妻张幼仪替他生的二儿子徐德生年仅三岁，也一朝病死。

想当初徐志摩正苦恋林徽因的时候，得知张幼仪有孕，勃然变色："把他打掉！"后来张幼仪远赴柏林，产下幼子。徐志摩等待不得，让病床上的张幼仪和他签离婚协议，签好后，徐志摩跟着她去医院看了小儿子，他"把脸贴在窗玻璃上，看得神魂颠倒"，却"始终没问我要怎么养他，他要怎么活下去"。(张幼仪语)

这次徐志摩赴欧，抵达柏林前一周，幼子死于腹膜炎。当时他并不知道孩子病情凶险，还给陆小曼写信："再隔一个星期到柏林，又得对付她（指当时在柏林留学的张幼仪）了，小曼，你懂得不是？这一来柏林又变了一个无趣味的难关"；到柏林后，得知幼子已死，他又写信给陆小曼，报告会见张幼仪的过程："可怜不幸的母亲，三岁的小孩子只剩了一撮冷灰，一周前死的。她今天挂着两行眼泪等我，好不凄惨……（指张幼仪）可是一个有志气、有胆量的女子，她这两年来进步不少，独立的步子已经站得稳，思想确有通道，这是朋友的好处，老K的力量最大，不亚于我自己的。她现在真是'什么都不怕'，将来准备丢几个炸弹，惊惊中国鼠胆的社会，你们看着吧！"还有什么可怕的呢？事夫如天，夫逃了；爱子如宝，宝已失。一个什么都没有、什么都失去的人，是没有恐惧可言的。

幼子病亡，徐志摩心里倒并不见得怎样；对于失子的前妻，也是一种路人般敬仰的观瞻；如今得知陆小曼病重，心焦如焚，立马致电询问。陆小曼嘱胡适给徐志摩回电，告诉他病情已经好转，教他勿念。可是怎么可能勿念，他一心在她身上啊！他自己是只要上床，就总也睡不着，叫着小曼，可是小曼不答应他，他就有些心酸；更何况亲爱的小曼还在病中，更是要因为想念自己而自己不在身边哭泣了。他又懊悔自责，不该离京，总是怕她病倒，总是希望她能逃过病劫，谁知她还是病倒。为什么不等自己在她身边的时候生病呢？

又想着自己给小曼写的信比小曼来的信多出好几倍，明明昨天信刚寄走，今天一见到小曼的来信，胸中又涌起了万千思感，一时哪说得清。自己对于小曼给自己写信少是有些怨怪的，可是原来亲爱的人已经满身心的病，而他这个不尽责的爱人溜到海外，不明了实际情况，还来怨她笔懒……

陆小曼病已经好了，可是她心急如焚，因为面临困境。那天她还没起床，就被人叫回娘家，进门就见一家人团团围坐，气色严重，手里拿一封信。陆小曼吓一跳，还以为是她和徐志摩的私信，却原来是王赓的最后通牒，叫即刻送小曼到南方，若此次不去，那就永远不用再去。陆小曼冷冷地说："我道什么大事！原来是这一点小事！这有什么为难之处呢？我愿意去就去，我不愿去难道能抢我去么？"母亲一听，立刻变脸："哪有这样容易，嫁鸡随鸡，嫁狗随狗，这是古话；不去算什么？"

陆小曼忖夺着徐志摩接着自己要他回来的电报，即刻动身，不过二十来天的归程，只要耽到那时候再说就好，谁知道一家人不肯听从她的如意算盘，逼她一周之内动身。她连气带急，心跳如鼓，又晕了过去。及至醒来，无人再敢叫阵。

陆小曼经过苦思一宵，次日清晨一进娘家的门就宣言："若是你们一定要逼我去，我立刻就死。"谁晓得母亲竟说："好的，要死大家一同死！"陆小曼反而无法下台。她又要走，父母声泪俱下，苦苦哀求，要她再给王赓一个机会，若是王赓再待她不好，无理取闹，父母会出面替她与王赓离婚，决不食言。

陆小曼屈服："摩！我今天与你永诀了，我开始写这本日记的时候本预备从暗室走到光明，忧愁里变出欢乐，一直地往前走，永远地写下去，将来若是到了你我的天下时，我们还可以合写你我的快乐，到头发白了拿出来看，当故事讲，多美满的理想！现在完了，一切全完了，我的前程又叫乌云盖住了，黑暗暗的又不见一点星光。”

中学时学鲁迅的文章：“假如一间铁屋子，是绝无窗户而万难破毁的，里面有许多熟睡的人们，不久都要闷死了，然而是从昏睡入死灭，并不感到就死的悲哀。现在你大嚷起来，惊起较为清醒的几个人，使这不幸的少数者来受无可挽救的临终的苦楚，你倒以为对得起他们么?”当然这话是讲的革命，可未始不能用作爱情的觉醒。

数千年女子迷梦，都是以夫为天，只知婚姻，不知爱情，昏昏默默过一生。可是一旦醒来，惊觉身陷泥潭，且又尝到了爱情的滋味，再回头要继续在婚姻中熬煎，就苦上加苦，痛上加痛。陆小曼以前感谢老天爷让她和徐志摩相遇，如今却是怨怪老天爷害了她。为什么天公造出了自己，又造出了志摩？又为什么要让两个人认识却又不让两个人结合？为什么要让志摩平白地踏进自己的生命圈？为什么志摩要启蒙了自己，教会了自己到底什么是爱呢？让自己混沌模糊地过日子不好么？如今是爱也明白了，苦也尝够了，再想回到那混沌模糊的路上也不可能了，可怎么办才好呢？

徐志摩作了陆小曼情爱路上的引路人，他们投入得那样的热烈，那样的火炽，那样的莽撞，那样的躁动，那样的不管不顾。

七月底，徐志摩急急忙忙赶回北京，却总也见不到陆小曼，只看到小曼留下的一段话：“你我的一段情缘，只好到此为止了，此后我的行止你也不要问，也不要打听。你只要记住那随着别人走的是一个没有灵魂的人。我的灵魂还是跟着你的，你也不要灰心，不要骂我无情，你只来回地拿我的处境想一想，你就一定会同情我的，你也一定可以想象我现在心头的苦也许比你重三分呢……你快不要伤心，我走了，暂时与你告别，只要有缘，也许将来会有重见天日的一天……”

这样的话读着真是刺心。就像一首诗里说的：“浪迹红尘心有踪，只缘情在不言中，欲了前因今生事，火里栽莲别样红。”莲本是水中生，要蹈火，那是怎样的酷刑。一切都没有准备好，花也没有开好，爱情却已经来了，能教人怎么着？分开罢，分开罢，分开了对你对我都是好。即使是分开了，我的灵魂也跟着你，你的灵魂也跟着我。就让我们做一对永不相见，抑或是相见亦不相认的绝世蓝颜。

可是，说到底，所谓的蓝颜也好，红颜也罢，不过是一种无奈的妥协和退缩。有可以晾晒在阳光下的爱情，谁还要发乎情、止乎礼的蓝颜呢？能相对笑颜如花，谁又愿意深夜里怀想到心痛？

也有的人说，因为不曾相爱，所以就不会有抱憾终生的失悔；因为不曾走到 起，所以就不会有反目成仇或笙歌散尽的落寞。直接忽略了相爱的过程，起于相识，止于相知，就彼此都不用玩火。见了太多的分分合合，伤情离散，试问谁能从爱情里全身而退呢？这个世界上，大概只有蓝颜不曾错过。

可是，又有谁说过，这世上的爱情，是不能饮不可饮也要拼尽的一醉。所以，终于在一场舞会上，两个人还是见着了，还跳了一个舞。话是说了没两句，陆小曼像个泪人，动唇就要哭。这泪都落进徐志摩的心里，他在日记里写：“今晚与你跳的那一个舞，在我最 enjoy（兴奋）不过了，我觉得从没有经验过那样浓艳的趣味——你要知道，你偶尔唤我时我的心身都化了。”爱得真是甜得发苦。

林徽因的父亲林长民是个有心人，且与徐志摩也是朋友，二人是忘年交——当年未曾追求林徽因之前，徐志摩好歹也算是林徽因的“叔辈”。于是林长民找了一个机会，带陆小曼和徐志摩同游，这次两个人才算是能痛痛快快说几句话了。瀛台宫湖，水色天光，两个人倾尽衷肠。

不独是林长民有心，胡适也有心，于是不久后也约二人同游，这次是去北海。两个人再次得到机会紧紧拥抱。

就这样，在朋友们的帮助下，两个人悄悄地见一面，再见一面，像做贼一般。他们逛厂甸、爬香山，你看我瘦了，我看你清减。两个人也把旧事提出来翻腾一遍，小曼说她听说徐志摩在海外闹过绯闻，有人说他跟一个法国胖女人在一起，徐志摩大声呼冤，说这样的话别人传得，信得，唯独你传不得，信不得，难道你还不信我待你的心真？就连小曼写的肥肥的字体，他看得都失笑，觉得可爱如同孩童。他待小曼的这份心，也确实是真得不能再真的“24K 金”。

终于，两个人的欢好到头了，陆母带着小曼南下投奔王赓。吴曼华一心想着摆脱了徐志摩这块牛皮糖，这样小曼就能好好安心和女婿过日子，谁想一抬眼，发现徐志摩就在南京火车站，气得吴曼华拉住小曼就走，不让两个人说上一句话。大庭广众，陆小曼反抗不得，只是对着徐志摩临别一望。徐志摩又急又气，又没有脾气。当初陆小曼被关在家里，谋划着要和徐志摩私奔，二人相约杭州，却被陆母识破，看牢了她，只剩徐志摩苦等，一秒万年。

在这场恩怨情仇的大戏里，如果说王赓像法海，陆母就是镇压白娘子的金甲力士；甚至陆母可以唱主角，当一道簪子划破天河，阻断牛郎织女的王母娘娘。无论哪一个，形象都可恨，可是作为一个母亲，她又能怎么样？所以这件事，没有对与错，只不过各人站在各自的立场，扮演自己的角色。

守得云开见月明

陆小曼到了上海。

夫妻相背，如寇如仇。王赓由原来对小曼的纵容变为管制，出门交际应酬、吃饭跳舞的事情不许妻子再做。陆小曼又岂是这么听话的人？一天，号称“南唐北陆”之“南唐”的唐瑛要请王赓夫妇吃饭。王赓有事不能前往，嘱咐小曼不要出门。唐瑛约她外出跳舞，她犹豫，却被笑着说：“我们总以为受庆（王赓的号）怕小曼，谁知小曼这样怕他，不敢单独跟我们走。”小曼就半推半就，随着拉她的那只手出门去了。

刚要上车，王赓不放心她，又回来，恰好看见，红脸大骂：“你是不是人，说定了的话不算数！”一边把她拉回家。旁人只好四散。陆小曼气极，玩乐不成，又被当众折了面子，第二天就找母亲，吵着要回京。母亲到底是心疼女儿，二人回京，陆小曼向父亲告了王赓的状。陆定也觉得女婿过分。就这样，父母都被陆小曼争取过来了。

旧戏有一出《打金枝》，讲的是大唐代宗将女儿升平公主许配汾阳王郭子仪七子郭暖为妻。时值汾阳王花甲寿辰，子、婿纷纷前往拜寿，唯独升平公主自恃身份不往，说什么："俺金枝岂能与他把头低。"郭暖怒而回宫，夫妻理论，话不投机，郭暖打了公主。公主回宫告状，郭子仪绑子上殿，唐代宗唱："唤声亲翁郭子仪，为此事怎能够斩首级。郭暖儿年幼孩子气，夫妻们争吵可是常有的。自古到清官难断家务事，你何必管他们少年夫妻……"皇后又劝女婿："劝驸马再莫要孩子气，国母娘我疼女爱婿都是一样的。公主自幼在宫里，从小就不离我双膝。娇惯成性她还不知理，我若是惹了她，她还不依。我养的女儿不成器，我的驸马儿，驸马儿要担待她这一回。常言道当面教训子，背地里无有人再劝妻。夫妻之间平日里，有事相商慢慢提。你欺她来她压你，谁也不肯把头低。你让她来她让你，知热知冷是夫妻。"回头又骂女儿："你虽是个帝王女，嫁民间是民妻。你怎敢把公爹看不起，快回去赔礼莫迟疑。"

于是小夫妻消除嫌隙，和好如初。可惜戏文上是这样唱，临到事来，各疼各的儿，各疼各的女。

陆小曼把所受委屈百倍夸大，陆定夫妇心疼独苗，允她离婚。陆小曼的前程柳暗花明，好比武陵人穿越密林，林尽水源，便得一山，山有小口，仿佛若有光。

陆小曼在那边拼命争斗，徐志摩也没有闲着，也在努力“营救”陆小曼。他给胡适写信：“眉踪影全无，料来还在上海，我离南前大致见不着了。适之你替我想想！我二十日到京。”

可是胡适也没办法。徐志摩想到一个人：刘海粟。

刘海粟是江苏常州人，画家、美术教育家。柯灵先生题词：“治白话文学史，不能无胡适、陈独秀；治新文学史，不能无鲁迅；治新电影史，不能无夏衍；治新美术史，不能无刘海粟。”刘海粟一生有四位妻子，第一位妻子是父母包办，刘海粟愤而逃婚；第二任妻子是他的画院模特；第三位妻子是上海美专的学生会主席；第四位妻子是在南洋“筹赈画展”期间收的一位女弟子。

1924 年，刘海粟求见泰戈尔，徐志摩给他们做翻译，刘、徐成为至交。

在当时，刘海粟算是一个叛逆的“急先锋”、行事旁逸斜出的人。他是中国第一个启用裸体模特的画家。事后引发轩然大波，无数人眼珠子掉了一地，对他口诛笔伐；他的老婆也是换了又换。从精神层面上，他和徐志摩很相近，也都有一种豁出去的特性，所以对于帮助徐志摩自由恋爱很尽心。尤其是他见过陆小曼，也由衷发出过赞叹“这位女士真配叫陆小曼”。这次，当他听徐志摩心疼地说：“海粟，这样下去，小曼是要愁坏的，她太苦了，身体也会垮的。”于是，他豪情一发，即时就去当二人爱情的“急先锋”。

说起来，无论是胡适还是刘海粟，还是旁的人，如此赞同徐志摩同陆小曼的爱情，和当时的社会大环境有很大关系。五四运动之前，社会上普通奉行的是“父母之命，媒妁之言”，许多读书人都奉家严家慈之命娶了包办之妻，至于幸福不幸福，实在是不敢想的事。五四运动解放了思想，知识分子也都急于摆脱这种包办婚姻。自由好比美酒，他们渴了太久，甫一入喉，反应格外剧烈。只是有的人最终遂了心愿，有的人最终认了命运。比如鲁迅虽然养着发妻朱安，却也弃了朱安，另有娇妻许广平；而胡适虽也谈过恋爱，却仍旧被小脚夫人震慑，始终不敢越雷池。不过，无论是反抗成功还是反抗不成功，当他们看着徐志摩和陆小曼为爱情抗争，都纷纷被两人的精神所感动。旧式人们脑子里的清规戒律早就被自由风潮扫荡殆尽，他们头脑中的革命风暴威力无穷。

不过，在传统思想的人们看来，就算旁的人反抗包办婚姻情有可原，徐志摩和陆小曼也不可原谅。因为徐志摩的发妻张幼仪也是大家闺秀，和他登登对对；陆小曼的丈夫王赓也是人中龙凤，和她也是登登对对。所以这两个人闹离婚就已经是吃饱了撑的；如今搅和在一起更是情有可谊，罪无可恕。

于是围绕着这两个人的爱情剧目，新旧两帮人闹得壁垒分明，刀枪森列。不过旧的人终归是不能胜新的人一筹，因为新人都是孩子们，而旧的人，多是父母。天下父母心，面子上无论怎么坚硬，里面总是软的，一摁一个坑。

于是，刘海粟上陆家做说客，陆母的态度软了。刘海粟后来回忆：“小曼母亲听完我的叙述，叹息道：‘我们何尝不知道。可是因为我们夫妇都喜欢王赓，才把亲事定下来的。我们对志摩印象也不坏，只是人言可畏啊！’我就提出许多因婚姻不自愿而酿出的悲剧。并且希望长辈要为儿女真正的幸福而做出果断的抉择。老太太是有学问的人，她答应说服王赓。我们就商定，我陪她母女去上海，由她出面找王赓，我再出马。当时王赓正好在沪出公差。当我决定陪小曼母女去上海时，志摩高兴得像个孩子，他把希望都寄托在我身上。我说：‘志摩，你不要想得太乐观，这件事不是简单的。’志摩说：‘只要你肯用心去办，准能办好，我也只有把希望放在你身上了。’有趣的是，当我们到上海还未立定脚跟，志摩又追随到了上海。当时，他说是和我讨论学术的事，其实，还是紧盯小曼不放。”

真是，人间自是有情痴。

刘海粟陪着小曼和陆母南下去找王赓，临行，徐志摩自然来送，胡适、陶孟和，还有一些学者教授、闺阁名媛也都来送，好像面临的是自己的事情。一份好大的移情，仿似新、旧两种势力的对垒，而小曼是仿着荆轲要去刺秦。

1925年9月，在上海有名的素菜馆功德林，刘海粟广邀宾朋，陆母、陆小曼、王赓、徐志摩均出场。唐瑛兄妹、张幼仪的哥哥张君劢也都受邀前来。明晃晃一出“鸿门宴”。

酒过三巡，刘海粟举杯请大家和他一起纪念他当年拒绝封建包办婚姻而出逃，此后才有幸福婚姻的大事件，于是大家举杯共贺。王赓不露声色。

刘海粟又坦陈自己的婚姻观：当破除封建思想余孽，勇敢追求自己幸福，如今夫妻平等，感情融洽，所以好的婚姻应当是自由恋爱。大家纷纷举杯，以示附议，王赓也敬刘海粟一杯，又敬在席众人一杯，说自己有事要先走一步，敬请海涵。请妻子小曼陪大家坐坐，随后陪老太太一起回家。

众人心里都拿不准。

荆棘刺秦吗？秦王已经离席；项羽给刘邦摆鸿门宴吗？刘邦已经离席。剩余的众人虽多，也白开水一样淡而无味——若真是淡而无味倒是好了，却是又冰得来冰人，烫得来烫嘴。徐志摩给胡适写信："事情越来越像 Farce，F 百二十分的愿意做'开眼'；M 百二十分的顾忌；我的百二十分什么也就不用提了。惨极亦趣极……"

却不知道王赓心里，是不是也是惨极亦趣极。

王赓当时已经做到孙传芳的五省联军总司令，一个威名赫赫的将军，就这么声色不动，真有大气派。说实话，徐志摩与他不是一个等量级，陆小曼也没有大胸怀，和他也不是一个等量级。所以说鱼找鱼、虾找虾，王赓天生要配的是一个什么都不懂，只晓得三从四德的小脚太太，或是一个什么都懂的女中豪杰。陆小曼比小脚太太聪明，却不如女中豪杰有格局。上下不扒边，所以二人相处如寇仇。王赓不懂她，她又何谈懂王赓？

此后，王赓一直忙碌，不和小曼正面答话。小曼心焦，又不好问。二人相处，“相敬如冰”。两个月过去，王赓想明白了，才终于对陆小曼明确表态，成全她与徐志摩和她离婚，祝他们幸福。

在这场婚姻的闹剧中，陆小曼的风光在于，不是王赓像旁的男人弃了村妇发妻一样地休弃了她，而是她弃了从美国西点军校毕业的总司令丈夫王赓。

她和王赓，行到水深花繁，却是水里没有月亮，繁花没有香气。她的月亮在别处，她的香气也缭绕在旁人的心里。她纵情肆意，因为知道王赓不会伤她，就像水的撩拨冲撞岩石。她也只当是自己伤不了王赓——这么一块石头，可有什么感觉？却不知道滴水穿石，穿出的洞不是肌肉，就再也长不回来。

没有人知道王赓做了怎样的思想斗争，他是武人，也没有留下日记或者只字片语供人猜测。他不倾诉，不拉外援，不博同情，不哭求，不拔枪威胁。他咬钢嚼铁般去想，想通了，钢铁也咬得稀烂，往肚里咽。事后，他对刘海粟说：“我并非不爱小曼，更舍不得失去小曼，但我希望她幸福。她和志摩都是艺术型人物，一定能志趣相投。今后作为好朋友，我还是要关心他们的。”

真男人。

如此，陆小曼和徐志摩守得云开，终于见了月明。

他就到此为止

王赓同意离婚了。

偏偏这时，陆小曼怀了孕。老天爷也不肯成全他们。

这个结局，陆小曼不能忍。她本来就亮烈，不温吞，自从自性觉醒，晓得了什么是自由与爱情，便立志活要完全彻底地活，死要不悔不恨地死。于是陆小曼带着马上要投奔爱人怀抱的激动与为伟大爱情献身的热情，到德国人开的一家诊所做了流产手术。

这次手术给她留下了严重的后遗症，使她再不能生育，且患上严重的妇科病，自诉“一过夫妻生活就会昏厥”。日后徐志摩想要个孩子，陆小曼强颜欢笑：“你不是有阿欢了吗？”（阿欢是徐志摩与发妻张幼仪所生育的儿子）包括她的干女儿，也都是不能生育以后认下的，焉知不是她永远不能做母亲，只好聊胜于无的惨痛？就是她后来染上吸大烟的毛病，也与此有关。真是，拼了性命求爱情，哪管到手真不真。至于徐志摩，不能和所爱的女人有一个亲生的骨血，心里也是很难过。他是爱孩子的，所以看见旁人的孩子，也欣羡，在给陆小曼的信里这样写："叔华长胖了好些，说是个有孩子的母亲，可以相信了。孩子更胖，也好玩，不怕我，我抱她半天。我近来也颇爱孩子。有伶俐相的，我真爱。我们自家不知到哪天有那福气，做爸妈抱孩子的福气。"

一颗黄连塞嘴里，陆小曼有苦说不出。

一波平，一波又起。这一年，王赓被派去上海买军火，卖家是个白俄，拿了钱卷包逃跑，王赓任务没有完成，被北洋军阀的特派员关起来，身陷囹圄。好像王赓此前透支完了一生的好运气，年少才俊，得娶名门，平步青云；如今却是鸡飞蛋打，步步荆棘。偏偏陆小曼忍不了，等不得，耐不住，不但没有给狱中的王赓一点点安慰，还派律师李祖虞把离婚协议送到他的面前。

王赓痛痛快快签了字，还了她自由。这不禁让人想起徐志摩在发妻张幼仪刚诞下幼子之际，就把离婚协议书摆在她面前。就算是爱情至上，他们两个，也是残忍！他们还在结婚的时候给王赓送喜帖，而王赓则送上贺礼，并写：苦尽甘来方知味。供小曼玩。受庆王赓。

王赓还给徐志摩写过一封短信：我们大家是知识分子，我纵和小曼离了婚，内心并没有什么成见；可是你此后对她务必始终如一，如果你三心二意，给我知道，我定会以激烈手段相对。

——世间事，情最不是东西。

此后王赓差不多算是彻底退出陆小曼的人生舞台，再追述陆小曼的后半生过往，也实在没有太多理由可以牵涉到他，他所留下的人生资料不能编撰出一本书，所做的事业也不能留名在青史，所以这里一并将他的余绪交代明白，算是告慰前代一个孤独的男子。

王赓和陆小曼离婚后，又做过孙传芳的五省联军总部参谋长，北伐军第四集团军敌前炮兵司令、铁甲军司令。北伐成功，他做了国民政府的盐务缉私局局长。1930 年，宋子文组建税警团，由王赓执掌。这本来只是用于缉私征税的非正规部队，但是各项配备一流，成为连国民党内甲级正规军都无法比拟的精锐部队。

据传徐志摩去世后，王赓去探望陆小曼，屋宇沉沉，床上卧着人。他拉开窗帘，说："房间搞得这么暗，不通气，没病的人也要生病。"然后坐了一会儿径直走了，没有打扰昏睡的前妻。

1932 年 1 月 28 日夜，日军突袭上海闸北，淞沪战争爆发。正月二十一，王赓骑摩托车入公共租界，不幸被捕，随身带一个公文包。次日上海市政府向南京政府外交部报告说："王赓于感（27）日，因事路经黄浦路，为日方海军士兵追捕，该旅长避入礼查饭店，后为工部局巡捕帮同扭送捕房，由捕头交与日方带去自由处置……"小报一派粉红气息，言其入公共租界幽会陆小曼。三十年后，陆小曼撰文说王赓是去见美国驻沪领事馆的西点军校同学。又有一说，言其被抓，向日本献地图，做了叛徒。总之，此次被抓，是他人生前途的终结，敌方拷问他，我方拷问他，舆论谴责他，监狱收纳他，他又成了囚徒。

陆母一直觉得愧对王赓，且王赓大度，不计前嫌，二人始终有过从。后来徐志摩坐飞机不幸触山身亡，陆母本来还想教王赓与小曼再续旧弦，重酿歌吹，但也由于王赓陷身牢狱无奈作罢。又据说王赓也曾去陆小曼家提出过复婚，小曼伤心过逾，委婉相拒。再后来，就是翁瑞午的戏码，王赓始终是个局外人。这么一个文武双全的人，自然不缺婚姻，有朋友要向他提亲，他却说一句"曾经沧海难为水，除却巫山不是云"。可是无缘就是无缘，缘薄则情悭，非人力可以相强也。

1935 年，王赓因身体毁坏，出狱去德国治肾病。两年后，抗日战争爆发，他远赴昆明，任兵工署办事处处长，因严重的心脏病和肾病，一日三餐不能食盐。据悉后来他和一个年纪比他小三十多岁的广东姑娘结了婚，生儿育女。这个广东姑娘，不歌舞，不吵闹，他看书，她就在一旁静静陪伴，不嫌无聊。两个人都不说话，各自相安。不知到这个时候，他是不是还会念叨那句"曾经沧海难为水，除却巫山不是云"。也曾有人问过他当年婚变，有何感想，他说道："爱情是人类最崇高的感情活动，它是纯洁而美好的，并不带有半点功利俗念，也不等于相爱必须占有。真正的爱情应以利他为目的，只讲无私奉献，不求索取。既爱其人，便以对方的幸福为幸福。我是爱陆小曼的，既然她认为和我离开后能觅得更充分的幸福，那么，我又何乐而不为？又何必为此耿耿于怀呢？”

向来人活俗世，难觅崇高，可是王赓不算崇高吗？——徐志摩不算崇高，因为崇高的人肯牺牲。

1942 年，当时的政府要派军事代表团去华盛顿参加同盟国联合军事会议，因为王赓和美国参谋长联席会议主席艾森豪威尔是西点军校的同学，所以宋子文急召王赓入团。王赓病重，仍奔波上路。代表团到开罗，王赓病逝，享年四十七岁，遗体安葬于开罗市郊英军公墓。王赓的母校普林斯顿大学在《王赓传略》中这样写："1943 年纪念西点毕业生，王赓的讣闻结于这样一些话：王的一生是诚实、正直和爱国的。他给西点带来荣誉。1915 年的同窗就知道这是确实的，而且关于他还应有更多的可以说。他确实是 1915 级可以引为骄傲的一员。”四年后，他去世的消息才传回国内。1946 年 5 月 18 日《快活林》第 16 期刊文《凶耗最近发表·陆小曼前夫王赓死了》。

王赓的少妻改嫁，留有一子，由胞弟王序领回抚养。当初吴曼华就是看中王赓少有家累，父母俱亡，只有一个幼弟需要抚养；如今这个幼弟在王赓的抚养下一路求学，做到了西南联大教授。长兄已逝，一苗独存，这次又要他来抚养哥哥的遗孤。

坊间对于王赓也有一些负面的传闻，一说他体力过人，整夜贪欢，陆小曼无法适应，是以离婚；一说他婚后不断向陆定的银行透支借贷，“影响陆定经营的中华储蓄银行。常有头寸调不转的情况。据说中华储蓄银行倒闭，与王赓在该行的大量透支有关。”无论怎样，都是口耳相传，无人实证，只能让人听听便罢。

就是这样，陆小曼是王赓命里的“朱砂痣”，王赓却是陆小曼命里的“饭粘子”；陆小曼是王赓命里的“明月光”，王赓是陆小曼命里的“蚊子血”。命运勾着嘴角，对他打了一个轻飘飘的手势，他就到此为止。

第四卷

历劫千般，终得花好月圆

终得花好月圆

爱情是什么？只有经历的人才会懂得。

如今，陆小曼已是自由身，徐志摩也是自由身。两个人平生相思概已酬。二人心思，当真是要一生一世一双人，写到这里，我似乎看见命运在远处“险恶”地微笑。

可是我们知道，他们不知道。他们奋然前行，如快乐的扑火流萤。

1925 年底，王赓签协议，陆小曼离婚成功。不过徐志摩并不知道这个消息，他们有日子没联系了，真真是亲极反疏。再者，陆小曼的身子也不好，等恢复后离沪北上去寻徐志摩，却又找不见。有一天，她在《晨报》副刊看到徐志摩的一篇《迎上前去》：“这回我不撒谎，不打隐谜，不唱反调，不来烘托；我要说几句，至少我自己信得过的话，我要痛快的招认我自己的虚实，我愿意把我的花押画在这张供状的末尾。我要求你们大量的容许，准我在我第一天接手《晨报副刊》的时候，介绍我自已，解释我自已，鼓励我自已……”如此，这才算找到了他。

二人相见的时候，蒋复璁和张慰慈也在场。蒋复璁是徐志摩的同乡，二人同为海宁硖石人；张慰慈则是吴江人。这两个人也非等闲，蒋是江南著名藏书家蒋光煦的曾孙，1923 年北京大学哲学系毕业，1965 年任台湾“故宫博物院”院长，曾精印经过复制的历代法书名画，并主持影印出版《四库全书》。张慰慈早年留学美国，哲学博士，是中国政治学研究的先驱者，在政治学领域具有举足轻重的地位。陆小曼告诉徐志摩，自己已是自由身了，徐志摩喜极忘形，跳了起来，倒吓坏了这两个旁观者。

徐志摩去了陆小曼家，张歆海和张慰慈也在。张歆海是浙江海盐人，历任外交部欧美司司长、驻葡萄牙公使、驻波兰公使，同时兼任驻捷克斯洛伐克公使，一生海外生活，也是了不起的人。他对陆小曼说：“恭喜你自由了。”陆小曼说：“我要结婚的。”这次的结婚，可真的是像戏文里唱的“自己找婆家”了。陆小曼柔艳又忠厚地说：“他给我的那一片纯洁的真情，使我不能不还他整个的、从来没有给过人的爱。”

陆小曼大名更响了，以前只是上流社会交际圈和文化圈里口口相传，如今却是人人皆知，且名播海外，连好莱坞的电影公司都来找她，要请她去美国拍片，还汇来五千美元。五千美元算是巨款了，可是她对金钱没概念，自小生活在钱堆里，早就见惯了富贵。至于出名，好像亦不是她的心头爱。她重的只是一个字——情。所以她拒绝，美元原样退回。

1926 年 8 月 14 日，农历七夕，徐志摩、陆小曼广发请帖，请帖上有一幅竹图，图名是《野竹青霄》，折页上写：

夏历七月七日即星期六正午十二点钟

洁樽候叙

志摩、小曼 拜订

座设北海董事会

陆小曼与徐志摩在北海董事会举行订婚仪式。他们历尽劫波，终得人前盟誓。

订婚之后便要结婚，陆小曼的母亲对前来提亲的胡适提出两个条件：一徐志摩要请梁启超当证婚人，二要在北海公园图书馆礼堂举行婚礼。

梁启超是徐志摩的恩师，地位尊崇，请他证婚，自然能够正世人视听，为二人结合争得一个合情合理的稳固的舆论地位，陆母为女儿着想的心思不可谓不深细；要在北海公园图书馆的礼堂举行婚礼，是将公益的大场合挪作私用，这个也没有先例。

好在这两件事都被胡适办妥。可是徐志摩的双亲却对这门婚事不同意。年轻人谈的是爱情，可是做了人家的父母，要的却是子女一生安稳。固然我们总是说爱情至上，可是饮水真能饱？煮石真能疗饥？

也许因为每个人的视角不同，使得看出去的世界不一样，同样一个客观的外部世界，不同的观察者看到的不一样，就呈现出不同的面貌。有的人看出去是惊天地泣鬼神的伟大爱情，有的人看出去则是两个傻子在发神经。这句“没有绝对的真理”才是绝对的真理。

这一次，胡适又被徐志摩哀求着去见其父，陆小曼也低声下气写信去求胡适：“先生，并非我老脸皮求人，求你在爹娘面前讲情，因为我爱摩，亦须爱他父母，同时我亦希望他二老爱我。我受人的冷眼亦不少了，我冤的地方只有你知道。”

“冤”这个字，真的是伤人到死。“剖白”本身就是一个非常残酷的词，要把肚腹划开，教人看见心，可是剖腹划肠也不过血流一地，谁能看见你的真心意。

爱一个人的最高境界是什么？是他或她肯为爱人改变，如水入杯，方杯则方，圆杯则圆。只不过人比水更艰难，水亦不过天生的随方就圆之性，人却是天生的有一股独立精神，怎肯随随便便就把自己改变？然而，陆小曼却能做到如此，她是真的爱了徐志摩。

徐志摩的父亲当初就不赞同儿子和陆小曼往来，无情抛弃发妻，勾搭有夫之妇，徐志摩的一系列行为都教他脸上无光；

这次更是要将这“红颜祸水”娶进门来，真是娘可忍爹不可忍。

胡适荷重任去拜见徐父，结果铩羽而归。徐志摩只好亲自去见父亲，请他成全，父亲说你们要想结婚可以，得张幼仪亲自点头同意。

——这算怎么一回事。

可是徐父就是如此坚持，因为在他心里，贤惠、安静、能干、孝顺的张幼仪才是他徐家的好儿媳。到了这个地步，就不必再替张幼仪做任何评价。她一生德性言行无差错，最大的错误是所嫁非所托。

张幼仪嫁给徐志摩的时候才十六岁，生有一子。后来，徐志摩远在英国，她又一路颠簸投奔爱人。徐志摩去接她，站在东张西望的人群里，敏感的张幼仪心凉了一大截：徐志摩穿着一件瘦长的黑色毛大衣，脖子上围了条白丝巾。虽然她从没看过他穿西装的样子。可是她晓得那是他。他的态度她一眼就看得出来，别的人都迎着亲人和爱人翘首以待，他是那堆接船的人当中唯一露出不想到那儿表情的人。

她下船，徐志摩默不做声地接过了她手中的提箱，走在前面，仿佛是个陌生人。

他们住在英国的乡下，徐志摩在剑桥皇家学院读书，天天早出晚归，回家也惜字如金，冷若冰霜。此时，他正热恋林徽因。

此后，张幼仪离开了这个异国他乡。再然后，第二个儿子在德国柏林出生，及至和徐志摩“文明离婚”。

徐志摩死后，张幼仪孀居三十多年后方才再婚，时过境迁，开口调侃，说：“我是秋天的一把扇子，只用来驱赶吸血的蚊子。当蚊子咬伤月亮的时候，主人将扇子撕碎了。”

对于徐志摩来说，张幼仪是他命中应得的恩情，哪怕他嫌、厌、怨、恨，她却始终对他爱、恋、痴，等不到的时候，替他成全。所以，这次徐父说她点头答应，自己才肯点头答应，张幼仪不得不从德国返回。她已离婚出局，此事本来与她无干。而徐志摩这个外星人，对她所做的一切，并不晓得感激——他就像个孩子。

你看他给陆小曼写信时，对于张幼仪的称呼：

“再隔一个星期到柏林，又得对付她。”——“她”；

“柏林第一晚。一时半。方才送C女士回去……只要早一周到，还可见着可爱的小脸儿，一面也不得见，这是哪里说起？”——“C女士”；

“过年初四，你的第二封信等着我。爸说有信在窗上，我好不欢喜。但在此等候张女士（指张幼仪，此时已被徐志摩的父母收为养女，参与商议徐家的家务事宜），偏偏她又不来，已发两电，亦未得复。”——“张女士”；

“我等北京人（指张幼仪）来谈过，才许走；这事情又是少不了的关键。我怎敢迷拗呢？眉眉，你耐着些吧，别太心烦了。”——“北京人”。

……

让人不忍再看。

信中尚是这样的疏离，行为又该怎样的冷淡苛酷。可是张幼仪回来了，对徐父说：我不反对。后来又补充说：“我对陆小曼没有敌意，她和徐志摩之间发生什么事，是他们的事，因为我已经和他离婚了。”多年后，故人早已成灰，张幼仪谈及她和徐志摩的感情：“你总是问我，我爱不爱徐志摩。你晓得，我没办法回答这个问题。我对这个问题很迷惑，因为每个人总是告诉我，我为徐志摩做了这么多事，我一定是爱他的。可是，我没办法说什么叫爱，我这辈子从没跟什么人说过‘我爱你’。如果照顾徐志摩和他家人叫做爱的话，那我大概是爱他的吧。在他一生当中遇到的几个女人里面，说不定我最爱他。”

是的，在他一生当中遇到的几个女人里面，她最爱他。他最不爱她。

人间自是有情痴，一个一个都很傻。

徐父得了张幼仪的表态，只好允婚，条件是结婚费用自理，家里不管；婚礼要由胡适做介绍人，梁启超证婚；结婚后南归，安分度日。

1926 年 10 月 3 日，农历八月二十七，婚礼举行。群贤毕至，有陈寅恪、赵元任等人。徐志摩竟然邀了张幼仪的八弟参礼的同时，又邀了张幼仪——这算怎么回事？所以张幼仪不想去，她的理由是：我为什么要去参加他们的婚礼？也是，一边烛影摇红，一边是一个人对着一盏灯；一边是陆小曼离婚后迅速再婚，一边是自己离婚后一直独身。饶她大气，也终归是女人。婚礼的伴郎是金岳霖，胡适则因去国外，没有到来。徐父徐母未至，不过到底是疼儿子，徐父电告徐志摩："余因尔母病不能来，幼仪事大旨已定，你婚事如何办理，尔自主之，要款可汇。"还是给钱啊。

在场的人说不上心里什么想头，必是有赞有骂，有羡有妒。陆小曼夜来紧张，吃了安眠药，结婚的时候还昏昏沉沉，被扶进礼堂。哪想本来只是依例礼成即可的事情，却被梁启超来了个石破天惊。

他这个证婚人劈头盖脸送给弟子与新妇一段空前无后的证婚词：

"我来是为了讲几句不中听的话，好让社会上知道这样的恶例不足取法，更不值得鼓励——徐志摩，你这个人性情浮躁，以至于学无所成，做学问不成，做人更是失败，你离婚再娶就是用情不专的证明！

"陆小曼，你和徐志摩都是过来人，我希望从今以后你能恪遵妇道，检讨自己的个性和行为，离婚再婚都是你们性格的过失所造成的，希望你们不要一错再错自误误人。

“不要以自私自利作为行事的准则，不要以荒唐和享乐作为人生追求的目的，不要再把婚姻当作是儿戏，以为高兴可以结婚，不高兴可以离婚，让父母汗颜，让朋友不齿，让社会看笑话！

“总之，我希望这是你们两个人这一辈子最后一次结婚！这就是我对你们的祝贺！我说完了！”

新人及满堂宾客无不失色，如闻雷震。徐志摩恐怕也不知道师长金刚一怒的皮子盖住的菩提心。次日梁启超即给梁思成和林徽因写信：“徐志摩这个人其实聪明，我爱他，不过这次看着他陷于灭顶，还想救他出来，我也有一番苦心……我又看着他找得这样一个人做伴侣，怕他将来痛苦更无限，所以对于那个人当头一棍，盼望她能有觉悟（但恐很难），免得将来把志摩弄死，但恐不过是我极痴的婆心便了。”

不过徐志摩到底待师恭谨，次日还带陆小曼去梁家致谢。而梁公把全部过错都推于陆小曼，也有失公平。无论怎样，此事从徐志摩和陆小曼的角度来看，是历劫千般，终得花好月圆。如果说陆小曼是徐志摩的岸，徐志摩则是陆小曼的彼。交错了沧桑为海是水，除却了朗朗逶迤无云。

他们的爱如奶、蜜和糖

“生命诚可贵，爱情价更高。若为自由故，二者皆可抛。”当时学它只当是革命诗词，如今想来，却是人心深处最庞大和奢侈的渴望——不自由，毋宁死。问题是，若真要这样死法，地球上估计就没人了。

徐志摩和陆小曼终于心愿得偿，看起来他们好像从此可以自由相爱，幸福生活。徐志摩还真的如此写道：“身边从此有了一个人——究竟是一件大事情，一个大分别；向车外望望，一群带着笑容往上仰的可爱的朋友们的脸盘，回身看看，挨着你走着的是你这辈子的成绩、归宿。这该你得意，也该你出眼泪，——前途是自由的吧？为什么不？”

二人新婚燕尔，启程前往海宁硖石老家。烟丝醉软，柳丝风片，如花美眷，似水流年。

父亲在老家早为儿子盖了一座两层小洋楼的婚房，七月徐志摩给陆小曼写信，曾提过此事："新屋更需月许方可落成，已决安置冷热水管。楼上下房共二十余间，有浴室二。我等已派定东屋，背连浴室，甚符理想。新屋共安电灯八十六，电料我自去选定，尚不太坏，但系暗线，又已装妥，将来添置不知便否。眉眉爱光，新床左右，尤不可无点缀也。此屋尚费商量，因旧屋前进正挡前门，今想一律拆去，门前五开间，一律作为草地，杂种花木，方可像样。惜我爱卿不在，否则即可相偕着手布置矣，岂不美妙。楼后有屋顶露台，远瞰东西山景，颇亦不恶。不料辗转结果，我父乃为我眉营此香巢；无此固无以寓此娇燕，言念不禁莞尔。"

下封信又写到："我到上海，要办几桩事。一是购置我们新屋里的新家具。你说买什么的好？北京朱太太家那套藤的我倒看的对，但卧房似乎不适宜。床我想买 twin（成对）的，别致些。你说哪样好？赶快写回信，许还来得及。我还得管书屋的布置：这两件事完结，再办我们的订婚礼品。我想就照我们的原议，买一只宝石戒，另配衣料。"

字里行间，满满都是对新生活的憧憬。

徐志摩对他的新居寄予无限热望，去函胡适、刘海粟，邀他们"径行来硖石，新庐尽可下榻。饭米稍粗，然后圃有蔬，汲井有水，听雨看山，便过一日。尘世喧烦，无有相通”。门厅上的“清远楼”匾额，是他央刘海粟，烦请康有为所题。

小楼分为东西两侧，西侧又分南房北房。北房是徐父徐母的卧室，南房是张幼仪的绣房——必须称绣房，因张幼仪被前公婆收为义女。东侧归徐、陆新婚居住，家具陈设均为欧式风格。东厢房也一分为二，前屋为书房，后屋作卧室。后楼西侧的楼顶是露台，被徐志摩喻为“望月台”。诗人当年凭栏望月，写下诗篇：

望月

月：我隔著窗纱，在黑暗中，
望她从岩的山肩挣起
一轮星松的不整的光华：
像一个处女，怀抱著贞洁，
惊惶的，挣出强暴的爪牙；
这使我想起你，我爱，当初
也曾在恶运和利齿间挺！
但如今，正如蓝天里明月，
你已升起在幸福的前峰，
洒光辉照亮地面的坎坷！

可是，张幼仪，谁去替你望月，谁又以月喻你？“采莲南塘秋，莲花过人头。低头弄莲子，莲子青如水。”徐志摩如采莲女，怜惜陆小曼，钢肠铁心化为绕指柔。张幼仪亦如采莲女，怜惜徐志摩，寸寸柔肠断折。世上的事真教人怀疑有前生后世，上辈子张幼仪欠下多少缘债，若非如此恩命相欠，何来这样委曲求全。

前尘已远，且不问辜负与牵念，柔肠与泪眼，如今总算是物在人在，花好月圆。二人在徐志摩的老家又再次举办婚礼。

徐家到底是大户人家，婚礼的隆重热闹着实叫人瞠目结舌。

徐志摩新婚燕尔，还给张慰慈写信，信中不无得意，满满当当盛不下的爱恋：

“上海一住就住了一月有余，直到前一星期，咱们俩才正式回家，热闹得很哪。陆小曼简直是重做新娘，比在北京做的花样多得多，单说磕头就不下百次，新房里那闹更不用提。乡下人看新娘子那还了得，呆呆的几十双眼，十个八个钟头都会看过去，看得陆小曼那窘相，你们见了一定好笑死。闹是闹，闹过了可是静，真静，这两天屋子里连掉一个针的声音都听出来了。我父在上海，家里就只妈，每天九点前后起身，整天就管吃，晚上八点就往床上钻，曼直嚷冷，做老爷的有什么法子，除了乖乖地偎着她，直偎到她身上一团火，老爷身上倒结了冰，你说这是乐呀还是苦？”

外人看着如痴如狂，置身爱情的人只觉得如醉如眠。徐志摩看着拼了死命争来的娇妻，身处在这红砖作顶、青石作墙的小洋楼里，处在大大的书柜前、红皮沙发上、藤椅上、妆台旁、大铜床上、粉红色的西式柜前，偶然闷了，又推开窗，远处的青的黛的山映着她酡色的颜，好像整个的硖石都小了，旧了，唯见她的鲜亮。他也是醉了，醉到云深不知处，花香只欲眠。

而陆小曼的美，也确实比出了硖石的老与旧。全镇的人看着她，真是如徐志摩所说，是呆呆的。看哪，她的衣服；看哪，她的头发；看哪，她的鞋跟那么高；看哪，她的手帕绣着花，那么漂亮，那么香；看哪，她的脸，那么细瓷白润犹似仙人。

可是在徐父徐母看来，这个仙人，却是鸠占了鹊巢，赶走了贤惠的儿媳，霸占了自己的儿子。而且，这个身份应该是个“妾侍”的二婚女人，居然还坐了只有头婚媳妇才有资格坐的六人大轿。她怎么配？

这一点讲究是真的有，不是说乡间规矩，是整个民间大约都是这种规矩。所以《金瓶梅》里，西门庆的妾室都穿得花红柳绿，却没有一个人敢穿大红裙子，大红色只能正妻吴月娘来穿，她们穿就是僭越。张爱玲在她的散文《更衣记》里也有如是描写：“出门时裤子上罩的裙子，其规律化更为彻底。通常都是黑色，逢着喜庆年节，太太穿红的，姨太太穿粉红。寡妇系黑裙，可是丈夫过世多年之后，如有公婆在堂，她可以穿湖色或雪青。”

可是这一点讲究对于陆小曼不适用，因徐志摩已离婚，陆小曼也是正配。只是这正配没用，公婆瞧她不起，就如白居易的《井底引银瓶》里“暗合双鬟随君去”的私奔女，“到君家舍五六年，君家大人频有言。聘则为妻奔是妾，不堪主祀奉苹蘩”。

这种排斥无形无影，却如刀如针。且陆小曼的举止做派又教公婆眼里生针：小曼吃饭，吃着吃着就说“志摩，你喂我”，徐志摩就乖乖地一筷筷耐心喂到她嘴里，呵护她如一只黄口小雏鸡；一会儿她又淘气不肯再吃，说“你替我吃”，于是徐志摩就呼噜呼噜吃她剩的。待吃罢饭，碗一推，并不向公婆告退，更不等公婆用饭完毕，而是兀自撒娇，说：“志摩，你抱我上楼。”于是徐志摩就如闻纶音，如听圣旨，抱起媳妇，一步步踩着楼梯上去。这样的光景，可叫徐家二老怎么消受得起？要是贤媳幼仪，打死她也不肯！好比新花一朵，插进旧瓶里，新花兀自疯疯地开，旧瓶一肚皮气。就是张幼仪晚年写回忆录，忆及当年，虽说对陆小曼无恨怨，也有些微微的不以为然。她写：“我想，连七岁的阿欢都知道把饭吃完是种礼貌……”又写：“我一直觉得把女人抱过门槛这种西方才有的风俗很特别，可是硖石家里的楼梯特别长，大概有五十级……”

所有这些陆小曼一无所觉。她一向爱娇，吃不得苦，受不得气，以自我为中心。放在原来的那个环境里没有什么人觉得不妥，放在这里就显得格外刺眼，令人挠心。更何况，徐父一生经商，担任硖石商会会长二十年，在当地有头有脸，家风也一向严谨。徐家家规，黎明即起，洒扫庭院，陆小曼则早晨不起，晚来不睡，横草不拿，竖针不拈。徐家家规昏定晨省，这也是老辈子人代代传下来的规矩，公婆床前要清晨起早去问安，可是公婆都起床半天了，陆小曼还高睡不已。好容易起了床，见了公婆想来也没有什么恭谨到低眉顺目的颜色，只当是在自己父母面前，佣人伺候穿衣就穿，佣人端来饭食就吃。至于要她端一碗饭敬与公婆，她没有这个经验，亦没有这个脑子。徐志摩向来不喜陈规陋习，也不会教她这些。

更要命的是陆小曼的花费。香水、手绢、衣服、鞋子、化妆品……都是名牌。徐家世代经商，虽然大富，却最晓得钱来之不易，虽不至于寒俭吝啬，“适度”二字还是要的。如今徐父眼看着这对小夫妻的钱只出不进，怎么不急。于是，徐父想让陆小曼管钱庄，那意思不晓得是不是想让她知道“不当家不知柴米贵”的道理，但陆小曼说：我哪里会。

确实，她哪里会。在家靠父母，出嫁靠丈夫。父母不曾拘管过她，王赓不曾拘管过她，她在娘家不曾理过财，在夫家也不曾理过财，只管有一花两，不问钱来何处，只管花向何方。“锄禾日当午，粒粒皆辛苦”的诗未必不会背，可是只是字面上的意思，“辛苦”到底是怎样辛苦法，她并不知道。

这么一来，陆小曼就罪无可恕了。不会持家，不会理财，不会勤俭，只会花钱，又懒又馋，就像一朵花开得好看，不如一株麦穗能给人饱暖。老爷子和老太太怒了。陆小曼哪一点比得上张幼仪？这个死儿子！

陆小曼很委屈。

这里没有衣香鬓影，没有笑语欢声，没有名媛公子，没有绚彩灯光装饰的舞池。这里需要的不是她这样一个人，需要的是一个低眉顺眼的媳妇。她心里空寂，一行一动又觉唐突，好像手脚都多余出来。她做梦也想不到，反抗了父母包办的婚姻之后，又跌入了另一种传统的婚姻模式，她的自由施展不开，碰壁碰得额角出血。

所以说世上事讲的都是相配，就得要张生配莺莺，杜丽娘配柳梦梅，喜儿配大春，好比梅枝上绽雪，嫩柳上趴鸣蝉。若是僵蝉趴在梅枝上，雪覆压了柳枝嫩叶，前者觉得枯毙，后者觉得惨烈。不信你让潘金莲和武大郎手挽手走在大街上试试，他们秀恩爱，就有人给武大郎扔烂番茄。

人和环境也要相配。陆小曼和灯红酒绿的歌舞场相配，和清简静谨的硖石乡居不相配；张幼仪和清简静谨的硖石乡居相配，和灯红酒绿的歌舞场不相配。张幼仪不独和乡居生活相配，也和旧式的生活习惯相配。她本来就是旧式的大家闺秀，祖父是前清高官，父亲是一代名医，几个哥哥也都风生水起。当初出嫁，就受母亲的教诲，要她好好相夫教子，孝敬公婆；想来陆小曼出嫁不会接受这样的教育。张幼仪的一切行为都是中庸，做人不偏不倚，做事不前不后，待人不昵不冷，接物有礼有据，心情不喜不悲。她好像没有过十七岁女儿的爱娇，甚至从一生下来，就端严谨敬。这份淡定是天生的，后天修不来。这一点陆小曼难以望其项背。陆小曼一向是行动坐止无规矩，吃饭穿衣随心意，条条框框在她这里不存在，只一味“性灵”二字。

这样一对比，在徐家二老心目中，陆小曼就逊色太多。起码她做不到公公徐申如谈生意晚归的时候，她一直候门；他睡前，她送上夜宵和茶水；她也不会打理徐家的生意。况且，张幼仪已经替徐家传宗接代，所以徐家父母在这一点上对陆小曼也无甚期待。

古人讲“妻贤妾美”，张幼仪就是标标准准一个贤妻，陆小曼怎么看都是一个美貌娇气的妾侍——偏偏这个妾侍却占的是正妻的位子，徐父徐母真是一百个看不上。

可是儿子看得上。他爱如梦似幻的陆小曼，不爱方方正正的张幼仪。邵洵美的太太盛佩玉说：“跟小曼娇小玲珑相反，张幼仪体质粗壮，大头大脑，像是个很能干的人。”可是徐志摩不爱这种男性化的特质，所以她没有错，只不过是两个人不在一个频道，不是一个世界。所以徐志摩体会不到她的苦，或者即使体味得到，也置其苦而不顾，先恋徽因，再娶小曼，对别人浓情蜜意，对她却黑口冷面。

好在徐家父母对张幼仪不愿意过分亏欠，所以把家产一分为三：一份自留，一份给了张幼仪和儿子阿欢，一份给了徐志摩和陆小曼。这是徐家老太爷的人情，也是张幼仪应得应分。而且，徐父也不一定没有存着别的心思：将来徐志摩若是和陆小曼过不到一起，儿子说不定能够和张幼仪破镜重圆。这样一来，家产仍旧是肥水不流外人田——就算不是这样，家产也是肥水不流外人田，因为给的不是别人，是自己的孙儿。

这么一份曲曲折折的心思，陆小曼怎么能懂？她平生会的是跳舞唱歌，吃吃喝喝。心思简单，情绪飘摇，难得执着一次，就是离婚；如今跟了徐志摩，觉得一步迈进了蜜窝，却不知道别人是怎么想的。

因为这种种原因，徐母不能和陆小曼待在同一屋檐下。徐父在上海，她赶去上海和老伴会合，然后一同赴北京投奔张幼仪。这对陆小曼的打击不可谓不沉重：她本来早准备好要委曲求全，孝敬老人，和徐志摩一同奉养双亲。

好在少了两双挑剔的眼睛，想必她和徐志摩更能够得畅心怀，自在相爱。比起日后绵里藏针、惊涛拍岸的苦痛，算是老天爷赏给他们的一点慰安，如吃苦药前，那一点点奶、蜜和糖。

人间到底柴米贵

世间万事万物都是互为补缺的，就像阴阳平衡的道理一样。你在某方面得到过多，在另一方面就必然有所缺，就和有一扇门对你关闭的时候，一定有另一扇窗为你敞开的道理一样。此消彼长，周而复始，否极泰来。

1926 年 5 月，北伐战争开始。随着战事的临近，1927 年 1 月（农历 1926 年 12 月），陆小曼和徐志摩被迫中断在硖石老家的燕居生活，移居上海。陆小曼在硖石鲜艳、突兀，搞得别人和自己都处处不自在，一旦来到上海，马上像一粒红宝石，镶进一只明光金亮的凤钗。所以她爱上海。

十里洋场的上海，是座华丽喧嚣的不夜城，它拥有着千年不变的辉煌，万世隽永的奢华。这个城市见证了太多悲欢离合，成就了太多的传奇佳话。有理的、无奈的，都在这里停留不愿离去。就在这样的城市里，红叶遍地的秋天“诞生”了才华横溢、冰雪聪明、桀骜不驯的陆小曼。

民国时代的上海，作为近代中国最早开埠的港口，飞速生长、膨大，像有毒的蘑菇，鲜艳而炫惑。这里有雄心万丈、野望勃勃的男人，有杏眼桃腮、黛眉红唇的女人。“夜上海，夜上海，你是个不夜城。华灯起，车声响，歌舞升平……”金嗓子周璇的歌声里，好像能让人看见夜上海的华丽灯光，衣香鬓影，真教人“胡天胡地蹉跎了青春”。陆小曼生于上海，死于上海，出国她也不出，北上她也不上，只要醉生梦死在这花柳繁华地，温柔富贵乡。

她和徐志摩刚到上海，住在小旅馆。这个地方只适合给普通人住，狭窄逼仄，且又肮脏混乱，她哪里住得惯。她是公主一样的，她是要软床厚被的，她是要富丽堂皇的，她是要闲杂人等勿来眼前的，所以徐志摩只得另找房屋安顿娇妻。在小旅馆忍耐一段时间后，徐志摩即偕陆小曼搬到宋春舫家。

宋春舫是浙江吴兴人，王国维的表弟，剧作家、戏剧理论家，又是一位藏书家。徐志摩之所以能搬到宋春舫家，想是因为同乡之谊与同气相应之故吧。

徐志摩同张幼仪离婚后，倒亲近起来，搬家前夕，徐志摩还给张幼仪写信：“爸爸知道你们都好，尤其是欢进步很快，欣慰得很。你们那一小家庭，虽是新组织，听来倒是热闹而且有精神，我们避难人听了十分羡慕。你的信收到，万分感谢你，幼仪，妈在你那里各事都舒适……我不瞒你说，早想回京，只是走不去，没有办法。我们在上海的生活是无可说的……破客栈里困守着，还有什么生活可言。日内搬至宋春舫家，梅白路六四三号，总可舒泰些!”

不过毕竟客居，不够自在，于是徐志摩急于做事赚钱。生活不只有鲜花和钻石，香槟和婚纱，天上飞的白天鹅也是要吃草吃鱼吃小虾。为什么童话只能止于“从此王子和公主幸福地生活在一起”，因为再写下去，就是柴米油盐，吃喝拉撒。按说徐家家境富庶，陆家也家境富庶，可是陆小曼既已嫁入徐家，就没理由再让娘家养活；而徐志摩娶了陆小曼，徐父掐断了他们的经济来源。

说起来也不算掐断经济来源，只不过徐志摩的产业都是公司股份，没有徐父同意，徐志摩拿不到一分钱。所以，他们离开硖石时，连路费都欠奉，是从徐志摩的舅舅那里借来的。

到了上海之后，徐志摩一时找不到理想的事做，就想要与陆小曼一起出国，读几年书再说。又是胡适周旋，泰戈尔的秘书恩厚之答应给他们一笔钱。可是当恩厚之的旅费寄来，徐志摩又不去国外了（事实上，这笔钱做了别的用途，去不成国外，这一点后文补上)。

这对小夫妻搬离借住的同乡家，最初住在上海环龙路（今南昌路）花园别墅 11 号，这是一幢三层洋房。后又迁福熙路(今延安中路）四明村 923 号，那是一幢上海滩老式石库门洋房，每月租金银洋 100 元左右。

在徐志摩和陆小曼共同生活的 20 世纪 20 年代，北京的生活“四口之家，每月十二圆伙食费，足可维护小康水平”。

徐志摩和陆小曼那月租100元的洋房，就是一座3层豪宅：一楼是端正朴素的佛堂。二楼是起居室与客厅：亭子间是陆妈妈住；夫妻二人住厢房的前一间，卧室摆放的有红木家私；又有小曼的吸烟室，帘幕重重，十分安静；客厅气派得很，有沙发、茶几、八仙桌、烟榻。若要跳舞，把家具全部挪到墙边即可，十分宽敞。三楼的亭子间名“眉轩”，起自于小曼的小名“眉”和徐志摩的书房——静室温书、红袖添香，徐志摩的福分于此算是全了。《爱眉小札》《媚轩琐记》《小曼日记》等诸多文学史上的知名篇章就是从这里诞生的。吸烟打牌、唱戏跳舞，陆小曼的福分于此也算是全了。陆父陆母也搬来与女儿女婿同住，这也是像像样样、热热闹闹的一家人了。想当初得知太太允了小曼和王赓的离婚，陆定很生气又无可奈何地说：“你们都决定了的事，还来告诉我做什么”。由此可见，这个陆定，确实是一个温笃的人，他宠女儿，不是假的，宠得女儿如花似玉，翻江倒海，如一条不肯安分的小龙——偏偏她的别名就叫小龙。

所以，陆小曼的爱吃会花是娇惯出来的，唱戏跳舞也是娇惯出来的，恣意纵情也是娇惯出来的。因为父亲觉得她做一切都是对的，所以于她看来一切都是应该。陆小曼与王赓离婚风波中，吴曼华一力阻挠，陆定却瞒着人给上海的律师亲戚李祖虞打电报，委托他帮陆小曼办离婚手续，找王赓签字。吴曼华还要思前想后，考虑周详，陆定却只要女儿不哭就好。

陆小曼和徐志摩搬去上海，他们夫妻二人也跟去住——只此一个独女，此后她就是他们的依靠。陆定那时很不得志，心情沉闷，却还是关心着小曼。陆定去世后，吴曼华一直跟着小曼住到老。

小曼人生颠簸，心里信佛，扶乱求“仙水”治病，出门也要算一算是否宜于出行……就像被命运播弄得心有余悸的惊弓之鸟。也是，那样的乱世里，有谁不是惊弓之鸟呢？陆小曼后来在文章中写：“离开家乡逃到举目无亲的上海来，从此我们的命运又浸入了颠簸，不如意事一再的加到我们身上。在上海受了几月的煎熬我就染上一身病；后来的几年中就无日不同药炉做伴；连摩也得不着半点的安慰，至今想来我实在对他不起的。”

这个“对他不起”，也容易理解，因陆小曼打胎不慎，落下严重的妇科病，且又不能生育。焉知这不是陆小曼自己心头的大痛？

摩登女郎难持家

徐志摩此时已经在光华大学找了一份教职。周有光先生在他的著作《我的人生故事》中这样写道：

“光华大学请了中国有名的学者来上课，譬如教文学的有徐志摩，徐志摩是北京大学教授，又兼光华大学教授，从北京到上海跑来跑去，结果飞机失事死了。徐志摩的作品、作人的风格影响学生。我到过徐志摩家里，他和原来的夫人离婚，徐志摩的前妻张幼仪也是很有文化的，张幼仪是小脚，他们是家里面订婚的。后来他跟陆小曼结婚，在上海住，一幢房子三层楼，下面一层是英国式的，第二层是日本式的，第三层是印度式的，三层楼三种文化。那时候老师跟学生、校长跟学生关系很好，像朋友一样。很多人很钦佩徐志摩的，他是一代风流。有人说白话诗到徐志摩时成熟了。”

徐志摩的薪金情况，可参照《文化人的经济生活》一书：“1927 年 6 月公布了《大学教员资格条例 20 条》及《大学教员薪俸表》。其中规定：教授一级月俸国币 500 银圆（约合今人民币 17000 元），二级教授 450 圆，三级教授月俸 400 圆。副教授一级月俸 340 银圆（约合今人民币 12000 元），二级副教授 320 圆，三级副教授 300 圆。讲师一级月俸 260 圆（约合今人民币 9000 元），二级讲师 240 圆，三级讲师 220 圆。助教一级月俸 180 银圆（约合今人民币 6000 元），二级助教月俸 160 圆，三级助教月俸 140 圆（根据《大学院公报》第一年第一期）。”

不知道徐志摩是哪一级教职，不过查阅各种资料，都说到是徐志摩在光华大学等学校担任教授。那么，即使是三级教授，月俸也有 400 银圆之多。就算是三级副教授，月俸也是 300 银圆。按理说，生活应当是蛮够了。

可是仍旧不够。1927 年春，徐志摩参与筹办起了新月书店，1927 年 9 月，他的诗集《翡冷翠的一夜》由新月书店出版，序中写道：“小曼：如其送礼不妨过期到一年的话，小曼，请你收受这一集诗，算是纪念我俩结婚的一份小礼。秀才人情当然是见笑的，但好在你的思想，眉，本不在金珠宝石间！这些不完全的诗句，原是不值半文钱，但在我这穷酸，说也脸红，已算是这三年的唯一的积蓄。……我不能不郑重的献致给你，我爱，请你留了它，只当它是一件不稀奇的古董，一点不成品的纪念。”

到次年2月，徐志摩又兼任上海大夏大学教授。10日，与闻一多、饶孟侃、叶公超等创办《新月》月刊。

一个才华横溢的诗人、作家，一个辛苦经营的书店老板、月刊编辑，一个辗转奔波的大学教授。做这么多的事情，未必是他想做，却是不由他不做，因为家庭开支太大了，养家的任务重如泰山。

而所谓的养家，说白了，就是养陆小曼。衣食住行，都得花钱。

别的不说，为图住得舒服，单是月租银洋100元，就够中等收入人家大半月的开支。

吃的开支又是一大项。且陆小曼吃的不是寻常米面，而是各路新奇果菜。徐志摩宠爱陆小曼，凡她爱吃，就不论远近贵贱，一力置办。自已能买就自已买，自已不能买就托别人买。单是见诸徐志摩文字的，就有不少：

“今天托久之带京网篮一只，内有火腿茶菊……天台的橘子倒有，临走时再买，早买早坏。火腿恐不十分好，包头里的好，我还想去买些，自已带。”

“东西我知道是不能多带的，我就单买了十几个沙营，胡沈的一大篓子，专为孝敬你的。”

“我让他过长崎时买一筐日本人樱桃给你，不知他能记得否。日本的枇杷大极了，但不好吃。白樱桃亦美观，但不知可口不?”

“我前天那信也说起老母，托带现洋一百元，蜜饯一罐；余太太笑我那罐子不好，我说：‘外貌虽丑，中心甚甜。’”

“这回你知道了吧？每天贪吃杨梅、荔枝，竟连嗓子都给吃扁了。一向擅长的戏也唱得不是味儿了。”

“文伯去时，你有石榴吃了。他在想带些什么别致东西给你。你如想什么，快来信，尚来得及。”

“难道我走了你一点也不想我？现在弄到我和你在一起倒是例外，你一天就是吃，从起身到上床，到合眼，就是吃。也许你想芒果或是想外国白果倒要比想老爷更亲热、更急。”

……

火腿茶菊、天台的橘子、沙营、日本大樱桃、日本枇杷、蜜饯、杨梅、荔枝、石榴、芒果、白果……走在路上，还要吃冰糖葫芦；躺在家里，还要吃各式罐头；兴致上来，又要吃雪里红烧细花生。真是吃贯中西，尝味南北，只除了王母娘娘的蟠桃，凡是地上生的，水里土里长的，能弄来吃的，恐怕都吃过了。

穿衣打扮的开支，更是一大项。她很素净，却不清寒。她的素净是暗里的华丽和精致。陆小曼的漂亮衣服、鞋袜、手帕、装饰多得不计其数，而且许多是外国货。她的公爹徐申如就因为她的这种豪奢作风，什么都要是外国的、高档的而看不惯，对她有意见。只是陆小曼已经养成习惯，用品的出处、做工、材质都要讲究，非好东西不用，非名牌不用。她的丝织小帕必然是外国的名牌产品，国内买不到，就费大力气请朋友从国外捎带回来。有一次刘海粟出国，徐志摩写信给他：“小曼仍要绸丝帕 Don Marche 的，上次即与梁君同去买，可否请兄再为垫付百方，另买些小帕子寄来。小曼当感念不置也。”这些只不过是日常消费，徐志摩不但不干涉，还是支持的。有一回陆小曼一下买了五双上等的女式皮鞋。她对于新衣新鞋的态度，和眼下的摩登女郎们无差：喜欢了就要买，至于买回来穿不穿，那是另一回事。

1927 年，徐志摩和张幼仪的兄弟张禹九等人合作，开办了上海云裳服装公司，张幼仪做总经理，江小鹣是艺术总监。江小鹣从法国留学回来，眼界更为开阔，请陆小曼和唐瑛这二位大名鼎鼎的名媛做模特。1927 年 8 月 26 日《上海画报》第 260 期，陆小曼穿云裳公司的新衣出镜。一周后，《上海画报》就刊登一首《如梦令·题陆小曼女士新装小像》：“云裳尔许丽都，花容月下谁知？晚装楼十里，甚帘敢卷真珠。仙乎仙乎，一时瑜亮唐家。”如此，陆小曼成了时装与时尚界的领异标新二月花，这一块的开支就更大了。

陆小曼在父母家的时候，是有派头惯了的，“八死一生”的独苗苗，父母宝爱，无物不尽其心，无人不尽其用；嫁给王赓，王赓也前程远大、收入丰厚，自然也供养得她极为妥帖；如今嫁给徐志摩，虽然徐志摩不过一介文人教授，但沪上奔波以供其用，她的派头依然不减。

以前陆小曼的家里用的是马车，到了上海则出入都用私人汽车。而别的同等阶层的人出门经常坐的是黄包车，有的时候则步行。陆小曼十指不沾阳春水，估计不晓得灶台往哪儿开，所以一干佣人也少不了：车夫老何，老佣人王阿毛，还有几个老妈子司厨，又有几个贴身丫头荷珍、巧珍、桂珍。贴身丫头们年轻俊俏，衣着入时，不知情的人看了，还以为是主人家的小姐，就像刘姥姥初入大观园，见到王熙凤的大丫头平儿，插金裹银，差一点就要请姑奶奶的安。

陆小曼的父母把她培养出一身名门闺秀的做派，却没有教会她当家理财的本事，所以她家的财政大权都交由她母亲吴曼华掌管，吴曼华也是出身名门，却也哀叹："每月至少得花银洋五百元，有时要高达六百元，这个家难当，我实在当不了。"这话让听的人咋舌。大洋五百多元都不够花，说陆小曼不败家，谁信？

于是，潜移默化之间，她早已离不开那种浮躁的生活。这是她唯一消遣的方式，是用来麻醉自己的良药。因为整天沉迷于日夜颠倒、脱离现实的生活，才让她远离了痛苦。不是消失或者不存在，而是没有时间和精力去思考那些令人不快乐的问题。她爱上了这种生活。

"衣食住行"就不再是简单的普通人家的生活开销，还有三个字更要命，那就是"游购娱"。十里洋场，动脚就要花钱，采买又要花钱，娱乐按分分钟算钱，这样的花法，就是一座金山也花得完。她要去剧院看戏，要去夜总会跳舞，要去 181 号赌场赌钱——陆小曼的干女儿何灵琰说："干娘真是会玩，还带我们去著名的181号赌场，那是一所私人大花园洋房，楼上楼下布置华丽，灯火通明，客人们全是当时社交场合中有名气的人物。我对赌当然一点也不懂，只记得客人可以随意点东西吃，不必付钱，干娘给我点了罐头桃子，那是我第一次吃那样的桃子，觉得好吃得很。"

客人随意点东西吃，不必付钱，那是因为已经把钱付过了，凡是参赌的人，都要给庄家"抽头"，吃的还是自己的。当然陆小曼不会盘算这些小账。她还要去一品香、新利查、大西洋吃"大菜"，要去丽娃丽达村划船……如今人们热衷于过圣诞节，还被老脑筋的人批评是崇洋忘祖，殊不知陆小曼那时候就已经开始过圣诞节了，而且是在大华饭店，订上许多桌的菜，遍邀宾朋。她并不为摆谱，收获人们艳羡的目光，只不过是她散漫使钱惯了，这样做得自自然然。

徐志摩对于陆小曼的豪奢是不喜欢的，可是劝也不听，没办法只能把心情写在日记里："我不愿意你过分'宠物'，不愿意你随便花钱，无形中养成'想要什么非要得到什么不可'的习惯；我将来决不会怎样赚钱的，即使有机会我也不来，因为我认定奢华的生活不是高尚的生活。爱，在俭朴的生命中，是有真生命的，像一朵朝露浸着小草花；在奢华的生活中，即使有爱，不能纯粹，不能自然，像是热屋里烘出来的花，一半天就有衰萎的忧愁。"这话估计陆小曼也会看，不过她看过也如同没看，风过水无痕。

所以徐志摩就惨了。为了供应陆小曼，博爱妻一笑，他到处兼课，拼命挣钱。即使这样，还要经常欠债，面对这样的窘境，他急得像热锅上的蚂蚁一样团团转，而陆小曼则若无其事，坦然处之——她既不知道做事辛苦，又没有金钱概念，只知道我想要的，要替我弄来，我要花钱，你要放在我的手心。

而徐志摩费心供养的家庭，却令人不晓得姓徐还是姓陆，因为陆父陆母是常住人口，家里的佣人称呼徐志摩是姑爷，称陆小曼为小姐——完全是从娘家带过来的嫡系人马。

徐志摩常年在外拼搏，挣钱养家，也难怪陆小曼的干女儿何灵琰对他的印象很淡薄，“只记得他是一位白面书生，带副黑边眼镜，下巴长长有一点凸出，人很和气，不太高谈阔论，很安静的。”

因为陆小曼生活不规律，所以家里作息是日夜颠倒的，徐志摩不大适应，有时候起得早，想要早一点吃饭，叫佣人的时候，佣人总是说：“小姐没有起来，等她起来一块儿吃吧。”他就乖乖地等着陆小曼醒来一起吃。果然是妻门嫡系，他使唤不动。不过徐志摩性情好，很少发脾气，也并不作着威福处置人。特别是陆小曼抽上大烟后，要吸烟到天亮才睡，他又不吸烟，就窝在陆小曼背后打盹儿。这个家怎么看都像是陆小曼的家，徐志摩不过是一位不太重要的客人。

陆小曼天生是都市里的“莺哥”，霓虹绚彩是她的春风柳条。固然在老家硖石可感安宁，享世外清欢，可是她从小的生长环境决定只有在这里她才真正如鱼得水。十里洋场，歌舞升平，公子名媛纷纷相聚，珠宝衣饰相映生辉。徐志摩当初怀着一腔热望，期待可以剥去陆小曼蒙在灵魂外面的一层皮，教她绽露出耀目的光辉，可是积习总归是积习，她迅速过回以往那种高灯夜深不睡、日上三竿不起的晨昏颠倒的慵懒日子。不到下午五六点钟不起，不到天亮不睡。白天的时候，她的房间里总是阴沉沉地垂着深色的窗帘，连楼上的客堂间和小吸烟间也是如此。天黑了，陆小曼起床了，整个家里的灯火都亮了，客人们也都迤逦来访，在座皆属一时俊彦，如胡适、江小鹣、邵洵美、沈从文、张歆海夫妇、陆定山伉俪及钱瘦铁等。陆小曼这个女主人殷勤招呼，烟榻上干鲜果品摆满，甜咸点心琳琅，大家随意闲坐闲谈。说起来，她的沙龙更早于林徽因的“太太的客厅”。

并不是这些老朋友故意要晨昏颠倒着拜访，实在是为了适应她的作息时间：每天近午起床，在洗澡间里摸弄半天，才披着浴衣吃饭。下午，她作画、写信、会客、记日记；晚上大半是跳舞、打牌、听戏，过了子夜，才拖着疲倦的身体，往汽车里一躺，回家了。上海是个不夜城，她过的是不夜的生活。

徐志摩天生就喜欢亲近自然，诗人的天性令他对于都市生活颇感厌倦，对于陆小曼不知疲倦地玩乐也不以为然：“为什么你不肯听我的话，连极小的事情都不依从我——倒是别人叫你上哪儿你就梳头打扮了快走。……你这无谓的应酬真叫人不耐烦，我想想真的气，成天遭强盗抢。”

可是气也没用，转眼又一个天明，徐志摩又得奔波在外；且陆小曼又常常出门，两个人如同日月，想打个照面都不大容易。陆小曼又有妇疾，想来夫妻亲热也是难得的事，徐志摩是个壮年男子，心里也不是没有委屈。可是，他满心的爱意，如风吹柳丝，片片叶条条丝还是向着陆小曼去。这一点，凡是爱得深的人，都有体会。

灵魂好像不见了

为了供养陆小曼，此时的徐志摩仿如一只挣钱的陀螺，南北疯狂奔波，光是大学教课，就任职好几所：光华大学、东吴大学、大夏大学、上海法学院、南京中央大学。据说他每月收入总计有 600—1000 大洋，按当时的物价，这算是一个很能赚钱的“老爷”呢。可是陆小曼一个月就给他花一多半甚至花完，搞得他想停歇亦停歇不下来。

“黄鸟飞来立，动摇花间雨”，如今黄鸟满天下飞，哪还有力气立花枝。

这还不算，陆小曼开始玩票，也就是下海。她本来就喜欢看戏，也喜欢捧戏子，常年包着高级戏院的雅座，时常呼朋唤友，前去听戏。戏院的热闹是她所喜欢的，这个柔弱的女子，偏生的好闹不好静。锣鼓一响，胡琴一拉，戏子的身段一摆，她便兴奋。而且她还认了不少的刚出道的女伶做干女儿，像小兰芬、容丽娟、马艳秋、马艳云、花翠兰、花玉兰、袁美云、袁汉云等。陆小曼出手阔绰，给小兰芬送过价值不菲的点翠头面，给袁汉云和袁美云姐妹两个做过丝绒旗袍。

陆小曼和女伶们混在一起，吃饭聊天，哼哼唱唱，时日久了，自己便也像模像样唱了起来，顺理成章成了票友，且昆乱不挡，昆曲和皮黄都能拿得起，戏妆扮相也娇美漂亮。她算是一个名副其实的“顽主”，戏园子里的热闹劲儿还不够她玩的，干脆跑到戏台子上去玩。这么一个病怏怏的人儿，动辄发晕，却偏偏在戏台上生龙活虎。

只要她往戏台子上一站，可煞奇怪，台下齐刷刷地一片叫好声，这更刺激得她舍不得这份荣耀。看客们大约都听过陆小曼的芳名，如今能一睹芳容，当然如疯如狂。而她也算是得了人生价值的体现，活生生把自己唱成一道风景，不甘寂寞，发声夺人。

1927年夏，何应钦夫人、白崇禧夫人、李宗仁夫人、郭泰祺夫人和上海地方审判厅厅长郑毓秀博士等发起了上海妇女“慰劳北伐前敌兵士会”。于7月16日、17日、18日三天，为募捐事，在徐家汇南洋大学举行游艺会。8月4日、5日、6日又在中央大戏院补办了一次剧艺会。陆小曼被“慰劳会”盛情邀请，登台献艺。据说陆小曼“每回一练戏就头昏，一上装就要呕”，却仍旧坚持登台。她选了一出昆曲《思凡》，一出京戏《汾河湾》。《思凡》是第三个上场，《汾河湾》则是压轴大戏。说起来，演戏本是贱业，可是若是票友下海，且又是赈灾的名义，那又是极风雅的事。

果然，陆小曼一开口即博得满堂彩，评论界也是一片赞扬，说陆小曼在《思凡》中饰演的小尼姑“扮相果然美妙，嗓音更是清晰动听，台步和做工，都出于自然，伊的表情，亦能达到妙处”；而在合作串演《汾河湾》中，“陆小曼是三人中的最好一个，伊的京戏艺术，似乎比较昆曲还要好”。

周瘦鹃是民国著名文人，看过陆小曼的表演，特地写出一篇《小曼曼唱》：“这回妇女‘慰劳会’请诗人徐志摩先生的夫人陆小曼女士表演《思凡》。徐夫人本是个昆剧家，而于文学和艺术上都有根底的。在排演时，我曾去参观，不由得欢喜赞叹，觉得伊一颦一笑、一言一动、一举手一投足之间，都可以显出这小尼姑是个佛门中富有浪漫思想的奇女子、革命家，不再是那种呆木、平凡的在佛殿上念佛修行的尼姑了。要是召集了普天下的比丘尼，齐来领略小曼女士的曼唱，我知道伊们也一定要扯了袈裟、埋了藏经、弃了木鱼、丢了铙钹，纷纷下山去寻那年少哥哥咧。像这样的唱和演，才当得上‘神化’二字，才值得我们的欢喜赞叹。”

本来是“南唐北陆”，北平才是陆小曼的天下，如今上海也被她收入囊中。到这一地步，陆小曼真如同她的乳名“小观音”，一颦一笑倾尽世人，顾盼间恩惠人间。

1927年的《上海画报》上，陆小曼和唐瑛同时上榜，陆小曼照片下注曰：“北方交际界名媛领袖陆小曼女士”，唐瑛照片下注曰：“南方交际界领袖唐瑛女士”。两个人同为名媛，却不相仇，早有过从。陆小曼未定居上海的时候，来上海有唐瑛做东招待；刘海粟摆“鸿门宴”请王赓，唐瑛和她的兄长也在座，算是助阵小曼。小曼来上海后，两个人更是同声相应。唐瑛与李祖法结婚，陆小曼也到场致贺。两个人一起吃、玩、跳、逛、游、购、娱。

陆小曼之父陆定是晚清举人，一路做到民国财政部赋税司司长，是中华储蓄银行的主要创办人。唐瑛之父是留洋学生，开私人诊所。哥哥唐腴庐为宋子文做事，也为宋子文挡枪而死。宋子文对唐家感恩戴德，更使唐家得有大名。至于两个人的本身经历，也大有相似：陆小曼就学于法国圣心学堂，接受中西合璧的教育，中、英、法三国文字随口而道，娓娓生春；唐瑛从上海教会学校中西女塾毕业，也同样接受的是中西合璧的教育，中文、英文都会讲。陆小曼会唱戏、弹琴、画画；唐瑛也会唱昆曲。陆小曼用度豪奢；唐瑛也不遑多让。那样的年代，据说唐瑛就已经开始满身名牌，用的是“香奈儿5号香水”，涂的是“迪奥口红”，穿的是“赛琳”衣服，背的是“LV皮包”，踩的是“菲拉格慕”的皮鞋——从这点来看，怕是连陆小曼都难望其项背。

两个人本来在各自的一方天地行走和败家，如今集合在一起，更是起到“1+1>2”的效应。而陆小曼有一个百般宠她的徐志摩，更是随心所欲，一味纵横。陆小曼义演，徐志摩帮忙打点；他还和黄梅生、谷剑生一起，为“慰劳会”做宣传，编写《上海妇女慰劳会剧艺特刊》，里面有陆小曼的两张生活照，一张持扇微笑，一张身着旗袍。

就在这个阶段，陆小曼认识了一个名叫翁瑞午的人。此后的生命中，这个人有了很大的戏份。

说起来，陆小曼的男友、女友向来不断，女性喜爱她的随和大方，男性更喜爱她的忠厚和柔艳。她的好友江小鹣也是世家子弟，其父江标是晚清名士，他自己也是留学法国，喜好艺术，搞雕塑，爱戏曲。两个人观念都新，爱好都旧，于消遣一路又都精通，也算知音。陆小曼唱《思凡》，江小鹣替她做服装设计；陆小曼演《汾河湾》，江小鹣和她搭戏。翁瑞午便是江小鹣引荐给陆小曼的，差不多算是替陆小曼准备了一捆过冬的柴——徐志摩身故，陆小曼凄惶，若无翁瑞午不离不弃的照顾和温暖，怕是她熬不过人生的严冬。不过现下时光热闹如牡丹开，陆小曼是完全、根本、彻底地想不到这些，也看不到命运在时光不远处险恶地掩嘴诡笑。

徐志摩也不是不喜看戏，他只是不曾沉迷，也沉迷不得，否则被戏吃掉了时间，就不能去写诗、作文、教课、赚钱。他不喜唱戏倒是真的，可是没有办法，太太喜欢。她登台演《女起解》，饰苏三，他也要登台，画三花脸，短打扮，持水火棍，挂胡须，扮解差；她客串《三堂会审》，仍是扮苏三，他则要着蓝袍，戴官帽，做陪审。如此妇唱夫随，自是羡煞旁人，只是陆小曼并不晓得徐志摩的苦闷。

1927年12月27日，徐志摩在日记里写："我想在冬至节独自到一个偏僻的教堂去听几折圣诞的和歌，但我却穿上了臃肿的戏袍登上台去客串不自在的腐戏。我想在霜浓月淡的冬夜独自写几行从性灵暖处来的诗句，但我却跟着人们到涂蜡的舞厅去艳羡仕女们发金光的鞋袜。"而陆小曼从此极其风光，她走到哪里，都如众星捧月，这份来自世人的欣羡与她的人生价值得以实现的虚幻的成就感如同鸦片，教她就算想罢，亦是不能。

1927年冬，江小鹣、翁瑞午邀请陆小曼去夏令匹克大戏院义演《玉堂春》，陆小曼请徐志摩帮忙配戏，演王金龙；还要徐志摩替她做堂幔和行头。

徐志摩哪里又有这许多的钱做堂幔与行头？且也不必去做，借来用用亦可，又不是正经唱戏为生——马连良、梅兰芳等名角和大老板都是有自己的班子、自己的行头的，可是她不是啊，不过是一个玩票的。只因为虚荣，看到江小鹣、翁瑞午、唐瑛等戏票朋友的东西都是自己的，就非要也制一套。她却没有想到，江、翁、唐等人都家财万贯，贵为公子小姐，而她的老公徐志摩不过是一个收入略微高一点的工薪阶层，怎么比？置这些行头需要花费很大一笔钱，徐志摩这个月的薪水已经领取，再没有财源，怎么办？于是陆小曼就打起了恩厚之给他们寄来的旅费的主意，说先挪用，再补还。徐志摩说这是供他们出国学习用的，如果条件允许的话，他还准备带妻子去欧洲，实现他们婚前的愿望，也给朋友一个交代，所以绝不能动用。但陆小曼不听，终日软磨硬磨，徐志摩只好妥协，于是她满足了，他难受了。

这就是恩厚之寄来的那笔旅费的去处了。没办法，别人是“有钱，就是这么任性”，她是不管有没有钱，都是这么任性。

陆小曼只是为自己的衣物花销铺张浪费，可对徐志摩的衣物花销却很少过问，这些事都由她母亲料理。可怜的徐志摩虽然一月赚不少钱，可只有一两身衣服，而且都破旧不堪。有一天胡适的妻子看到徐志摩的袖子上有两个洞，领子也磨破了，要他脱下来给他缝补。

徐志摩的窘境，可想而知。

徐志摩当初的理想，是要把陆小曼改造成他想要的模样。陆小曼在他眼中，好比一块美玉，外面包一层石皮，他就想要把她从那层石皮中解救出来，好让她彻底得到解放，绽放光芒。他要她觅见灵魂，要她展露才情，要她成为新女性。可是陆小曼生下来的环境即是如此，日后步步走来，一直如此，要她变成另外一个人，怎么可能？好比孙悟空由一只顽猴最后成佛，那是要经过剜骨剔肉的疼，谁肯？

所以陆小曼仍旧延续着旧日生活的模样，慵懒、随性、挥霍、铺张——并不是她想挥霍和铺张，实在是她并不知道金钱是什么模样。她对金钱没有概念。

金粉如沙，漫天洒下，湮灭了陆小曼天性中的如珠玉的纯净，只是一片光闪闪，晃瞎人眼。当初苦恋时他想要她做中国的“白朗宁夫人”，如今她早已忆不起这个理想和幻梦。她是一个太太，一个名媛。而他想要的，却是一个爱人，一个诗人、才女、文学家。徐志摩给了妻子想要的生活，陆小曼给不了丈夫想要的老婆。陆小曼想通过爱情救赎爱情，徐志摩想通过爱情寻觅灵魂。如今爱情来了，灵魂好像不见了。苦闷的徐志摩在无奈中写下《生活》一诗：

阴沉，黑暗，毒蛇似的蜿蜒，
生活逼成了一条甬道：
一度陷入，你只可向前，
手扪索着冷壁的粘潮，
在妖魔的脏腑内挣扎，
头顶不见一线的天光
这魂魄，在恐怖的压迫下，
除了消灭更有什么愿望？

这首诗作于1928年5月29日，初载1929年5月10日《新月》月刊第2卷和3号，后收入诗集《猛虎集》。据梁实秋说，是写实。

第五卷

我不知道风是在哪一个方向吹

黯淡是梦里的星辉

1928年，徐志摩再赴欧洲讲学，有人说是他因为家中气闷，陆小曼奢靡；有人说是他借此机会旧地重游，怀念林徽因。的确，此次赴欧他写下了传世诗篇《再别康桥》。不过，旅途中就算是负气出走，他心心念念的仍然是陆小曼。

此时，这个年轻的诗人早已无所适从。谁把心揉碎，掷于这微波粼粼的湖底。徐志摩轻拂着堤岸的杨柳，这曾经梦里的新娘。远隔重洋的陆小曼，此时在遭受怎样的煎熬，她在道德与情感中挣扎着，在闲言与碎语中无助着。而他却只能这样隔海守望，守望着苍茫的云雾，守望无垠夜空。诗人举目望去，都是故都那道亮丽的风景线，那个“北平不可不看的女人”。心疼了又疼，疼出的泪水晕染成了相思的玫瑰，在远行的上空一次次绚烂而开。

徐志摩在国外五个月，刚离国土他即对小曼千叮万嘱。第三天到日本，给小曼买手绢，嘱咐好友从日本给小曼带一筐大樱桃，并且每天一封长信报行踪，抒情怀，立志向。自神户途中写给小曼的第一封信说：“这夏天我真想你能写一两个短戏试试，有什么结构想到的就写信给我，我可以帮你想想，我对于话戏是有无穷愿望的，你非得大大的帮我忙，乖囡!”

可是陆小曼到底是没有遂了他的心愿，且对于他的说教无比厌烦，这一点在1928年6月18日自东京的徐志摩写给陆小曼的信中有所表现：“我一定每天给你写（信)，只怕你现在精神不好，信过长了使你心烦。我知道你不喜欢我说哲理话，但你知道你哥哥爱是深入骨髓的。”离家一周后，他在信上又说：“昨天我想你极了，但提笔写可又写不上多少话；今天我也真想你，难过得很，许是你也想我了。”

可事实真是如此吗？未必。陆小曼此时已经结交世家子弟翁瑞午，外出由翁氏陪伴，共同出入高级酒店、舞厅和赌场。灯红酒绿，习以为常。她是上海上流社会的“夜明珠”、华美璀璨的“水晶灯”。婚前如此，婚后照样。

徐志摩先去美国再到欧洲，只在欧洲期间就给陆小曼写了一百封信，可悲的是这些信都被陆小曼弄丢了。不是天灾人祸，不是世事无常，就是漫不经心。

在英国，当徐志摩重返康桥，再别康桥。此时已是前尘已远，物是人非，一腔柔肠化成诗。徐志摩的一次远游成就了一首叫做《再别康桥》的诗，陆小曼的轻慢与奢靡成就了徐志摩的这次远游。诗若有灵，当谢小曼。荒谬的因却结出最美丽的果，谁说种瓜一定得“瓜”的？

1928 年 10 月，徐志摩到达印度，看望泰戈尔。一到印度他就写信给陆小曼说：“我想你极了，一离马赛，就觉到归心似箭，恨不能一脚就往回赶。此去印度真是没法子，为还几年的一个心愿，在老头（注：指泰戈尔）‘升天’以前再见他一次，也算尽我的心。”这次想必徐志摩对着慈父一样的老人备述极细。

1929 年 3 月 19 日，泰戈尔在去日本、加拿大讲学之前，路过中国，特来上海看望徐志摩和陆小曼，并住在他们家里。陆小曼推掉一切应酬，老人也没有像上次一样到处演讲，他们三人每天相伴，相处愉快。老诗人估计也应当委婉劝过陆小曼，这一切我们不得而知。

诗人走后，陆小曼依旧如故。

“no zuo no die”，是从中文中直接译过去的“不作死就不会死”。

环顾身周，“作女”就在身旁，她们挑战社会，一路前行，永不安分。男人如花，而她们是那色彩斑斓，这枝花上驻驻那枝花上停停的蝴蝶。她们结了婚的会想办法离婚，离了婚的会想办法结婚，在结结离离中消磨生命的激情。她们谈一场又一场恋爱，换一个又一个工作，和一个又一个朋友反目成仇，又和一个又一个仇人相逢一笑，怨恨俱泯。她们的生活中眼泪与欢笑齐飞，激情与热烈共同上演，她们活的一天，抵得过生活平淡的人们活过的一个月，甚至一年。普通男人的一句普通的话，可能会被她们生生抻拽的演绎成一出婚外情，去挑逗、去暗示、去暧昧、去飞一个两个眼风……这是她们的论调和行动指南，而且她们总会一次又一次获取成功，用行动证明男人确实好“搞定”得很，或者男人认为此种女人好“搞定”得很。

可是，“作”的代价总有一个结果明晃晃摆在那里——“作死”。

用“作女”来定义陆小曼，相信很多人也心有不忍，可是陆小曼确实能折腾。为离婚而折腾，为结婚而折腾，婚后又继续为过豪侈的生活折腾。她的身体是不好的，可是精神无比旺盛。

按理说，徐志摩也是一个“作男”，先是红杏出墙，恋慕林徽因，又逼发妻离婚，又恋慕有夫之妇陆小曼，又诱着陆小曼离婚。二人最终共结连理，徐志摩觉得船已靠岸，可以歇息，他的心好像终于定了下来，没有了再“作”的欲望。可是，自酿的酒无论甜苦总是要自己喝的。如今，他需要奔波劳碌，供养爱妻。而爱妻的串戏、捧角、包雅座、吃大餐、跳舞、打牌、应酬、交际……如同一个无底洞。陆小曼嫁给王赓，想来王赓也如此供养陆小曼，这么想想，王赓也着实是一个好男人。

徐家高堂因为看不惯陆小曼的做派，停了他们的经济供养，徐志摩终于晓得柴米油盐贵，而陆小曼仍旧不知今夕是何年。她甚至还抽上了鸦片。她有专门的吸烟室，有专门的烟榻，用的是广州的玻罩和慈禧太后御用的景泰蓝烟枪。

说到这里，不得不提一下翁瑞午，他是何许人也？

翁瑞午，江苏常州人，清代光绪皇帝的老师翁同龢之孙。其父翁印若历任桂林知府，以画鸣世，家中书画古董所藏甚丰。翁瑞午"会唱京戏、能画、懂得鉴赏古玩，同时又做房地产生意，是一个名副其实的文化掮客，被胡适称为'自负风雅的俗子'"。他家财万贯，为人又聪明风趣，会抽鸦片，会追女人。虽家中有妻，却风流不断，曾与一女学生诞下一私生女，他死后，陆小曼代为抚养。陆小曼的干女儿何灵琰回忆："他和干娘的嗜好也许更相同一点，他们都抽大烟，都是日夜颠倒，又都会唱京戏，拍昆曲。翁干爹更是精明仔细，善体人意，在干娘身上处处留心体贴。我对他反比对徐干爹认识得更清楚一点，一来他在陆家的时候好像比徐干爹在家的时候多，差不多天天报到；二来他比徐干爹更会哄孩子。记得他是个瘦长脸，白白的，总是穿长袍，黑缎鞋，北方话还说得不错，人很活络也很风趣。现在想想这个人也算多情，他对干娘真是刻意经心，无微不至。"

这是一个流荡如同水银的男人，轻快跳动，对什么事都不肯认真，这样的人或许才能做得时代的宠儿。他们年轻，却好像已经目睹过许多王朝的世代变动；他们聪明，却又不会因为执著地追求什么目标而伤身伤心。他们更多地带给人们欢笑，哪怕这种欢笑没心没肺，可是人的心理如同飞蛾趋光，总不愿意亲近过于沉重的人，所以陆小曼面对他的时候，比面对徐志摩的时候更轻松。有一次，陆小曼甚至对王映霞诉苦，说是结婚成了爱情的坟墓，“志摩对我不但没有过去那么好，而且干预我的生活，叫我不要打牌，不要抽鸦片，管头管脚，我过不了这样拘束的生活。我是笼中的小鸟，我要飞，飞向郁郁苍苍的树林，自由自在。”

何况，翁瑞午又有一手推拿的好功夫——他曾经是著名推拿医生王松山的学生，替多愁多病的陆小曼推拿，常常是手到病除。后来见她总是难受，又向她推荐“阿芙蓉”。陆小曼曾向王映霞解释过自己抽鸦片的缘由：“我是‘多愁善病’的人，患有心脏病和严重的神经衰弱，一天总有小半天或大半天不舒服，不是这里痛，就是那里痒，有时竟会昏迷过去，不省人事……喝人参汤没有用，吃补品也没有用。瑞午劝我吸几口鸦片烟，说来真神奇，吸上几口就精神抖擞，百病全消。”

就这样陆小曼抽上了鸦片。

就这样翁瑞午登堂入室，天天造访，风雨无阻。

就这样二人榻上横陈，吞云吐雾，成日里睡昏昏。

对于翁瑞午替陆小曼推拿按摩，徐志摩说：“这是医病，没有什么嫌可避的。”对于陆小曼的与翁瑞午相对吸食鸦片，他又说：“男女的情爱，既有分别，丈夫绝对不许禁止妻子交朋友，何况芙蓉软榻，看似接近，只能谈情，不能做爱。所以男女之

徐家不如上海好摆平

罗隆基是中国著名政治活动家，爱国民主人士，中国民主同盟创始人之一。1930 年 11 月，罗隆基因激烈言论被捕，12 月中央训练部强令教育部解除光华大学对罗隆基的聘约，且令王造时、徐志摩、沈有乾、潘光旦等光华教授辞职。徐志摩在光华大学的教职本是他 4 年来经济的主要来源，如此一来，家用立刻捉襟见肘，必须另谋出路。

胡适不忍良材埋没在“销金窟”，为徐志摩在北京大学找到教职，鼓励他离沪北上。徐志摩于 1930 年秋后辞去南京中央大学教授的职务，到北京大学任教授，同时兼任女师大的教授，吃住都在胡适家。在 1931 年 2 月 24 日给陆小曼的信里说，胡适全家一切都替他预备好，被褥一应俱全。

提到徐志摩的决意北上，也许还存有另一份心思：设若把家安在北京，小曼脱离了上海那个纸醉金迷的大环境和一帮热热闹闹、吃喝玩乐的老朋友，说不定就能恢复家的秩序和宁静，夫妻有更大的空间安静相处，彼此相爱。想想也是可怜，陆小曼晨昏颠倒，家与外不分，整天纸醉金迷，夫妻哪有相处相爱的机会。想想看他在给朋友的信中提到在老家那段新婚时光，闹的时候可是闹，静的时候却是只有二人，陆小曼偎着他，哪怕什么都不说，那份宁静就已经美得让人迷醉，所以信里也是满满当当的甜蜜与得意。

可是陆小曼不肯，且多次信中责备徐志摩忍心抛下多病的她跑去北京，陆母也觉得不解，徐志摩只好信中一遍遍解释，说是上海的环境实在不能再受。再窝下去，一定毁；我毁了，对别人没好处，对你也没面子，所以才忍痛离开。至于母病妻弱，我也知道，只是希望你能明白我的苦衷，帮助我自救；同时你也能够从此振作起来，拔出泥潭，脱离贪玩爱奢的痼疾，我们再恢复到从前健康活泼，相爱互助的情景，那才真是海阔凭鱼跃，鸟飞任天空，想要什么要不到？

徐志摩一边写着，一边又回忆起往昔相恋时的受苦与牺牲，感慨万分：这样的为了彼此受苦受难，相爱不忍相舍，有多少夫妇能够有这样的风光与轰烈。可是既然是相爱的，怎么又能舍得一而再、再而三地离别呢？“我是个痴子，你素来知道的。你真的不知道我曾经怎样渴望和你两人并肩散一次步，或同出去吃一餐饭，或同看一次电影，也叫别人看了羡慕。但说也奇怪，我守了几年，竟然守不着一单个的机会，你没有一天不是

engaged（有约会）的，我们从没有 privacy（私生活）过。”这种极普通的幸福，徐志摩都已经得不到了。到最后他只得选择远走，陆小曼自去花天酒地。

这是徐志摩的大苦恼。夫妻不能有单独相处的机会，甚至一次约会尚不可得，这可怎么得了。从徐志摩 1930 年去北京就职，到他去世，二人一直为此拉锯，他要她来北京，她却不肯离上海。

若要深究原因，陆小曼所以执意不肯北上的原因无非有二，一方面是恋着上海的灯红酒绿，一方面也是怕徐志摩那些在北平的师友。那个大城方方正正的气息与她着实不相合，还有梁启超在他们的婚礼上给她们最特殊的“祝福”，使她那样的难堪，徐志摩的朋友们又都觉得似乎是她带坏了志摩，对她带着些微微的刺。更何况北平还有一个林徽因！

于是，两个人的朋友圈发生了微妙的比对与碰撞：徐志摩的朋友圈高雅，陆小曼的朋友圈艳俗；徐志摩的朋友圈读书，陆小曼的朋友圈跳舞；徐志摩的朋友圈写诗，陆小曼的朋友圈唱戏；徐志摩的朋友圈谈远大理想，陆小曼的朋友圈过糊涂今朝……要陆小曼抛弃她处之自在的朋友圈，而去徐志摩的朋友圈“碰撞”，她也担心也害怕。

只是这一点她不曾对徐志摩说过，估计她自己心里也未必清楚，所以自然也难得到徐志摩的理解。1931 年 3 月 19 日，徐志摩写信给陆小曼：“你来信总似不肯舍去南方。……你的困难，由我看来，决不在尊长方面，而完全是积习方面。积重难返，恋土情重是真的。（说起报载法界已开始搜烟，那不是玩！万一闹出笑话来，如何是好？这真是仔细打点的时机了。）……我对你的爱，只有你自己知道，前三年你初沾上习的时候，我心里不知有几百个早晚，像有蟹在横爬，不提多么难受。但因你身体太坏，竟连话都不能说。我又是好面子，要做西式绅士的。所以至多只是短时间绷长着一个脸，一切都郁在心里。”

这份积郁真个难说，说句逼窄刻薄的话，就算徐志摩不罹空难，恐也难寿享天年。

有朋友见徐志摩痛苦，劝他离婚，胡适夫妇赞同。徐志摩坚决不肯。再写信的时候，继续又提教陆小曼来北京的事，这回换了策略，说是，我吃饭后去了中和并点的戏，有尚和玉的《铁龙山》，凤卿文的《昭光》，梅的头二本《虹霓关》。大家都在后台看得很高兴，头本戏不好，还不如孟丽君。慧生、艳琴、姜妙香，更其不堪，二本还不错，明晚又有小楼的戏。北京实在比上海有意思得多，上海只是销蚀筋骨，一无好处。而且，虽则来了北京不久，却觉得离家已有十年，对你十分想念，你来好不好？你不来，我形单影只呵。”

劝啊，哄啊，逼啊，诱啊，总之，求求你了，你来吧。

陆小曼还是不肯，因为她心里不空。她有朋友做伴，有灯红酒绿可享，无养家之累，有笙管歌箫盈耳，锦绣绮罗盈眸。

1931 年 4 月，徐母病，徐志摩赶回去探望，徐申如却不让陆小曼回去。几天后徐母病重，父亲给徐志摩打电话催他回来，徐志摩问陆小曼怎么办，徐父说："且缓，你先安慰她几句吧！"

说白了，就是不许陆小曼床前尽孝。

徐父和儿媳陆小曼之间的矛盾非止一日，或者说，徐申如看不惯陆小曼非止一日。他们积怨已深。

当初婚后才两个月，老两口就离家出走，投奔张幼仪，搞得徐志摩很没有面子，也替陆小曼没面子。徐志摩还打电话给张幼仪："你写信给他们，要他们去找你，是不是？"张幼仪说："不对，我何必这么做？"徐志摩说："这教陆小曼没面子啊！"

1928 年，徐申如庆五十八岁寿辰，徐志摩携妻往祝，陆小曼带了袁汉云、袁美云两姐妹同去。陆小曼婚后未育，如今却带两个干女儿来，未免让徐家二老觉得刺心。她们三人的着衣打扮、举止做派，一切都与硖石人不同，动止都让人觉得突兀。陆小曼要为公爹贺寿，于院中搭台，教袁家二姐妹登台献艺，连唱三天大戏，众人纷纷来看，惊动一方天地；到第三天，陆小曼也登台献唱《宇宙锋》，徐申如却拂袖而去——自家儿媳在戏台上抛头露面，无异打自己的脸。陆小曼弄巧成拙。

当年夏天，徐志摩去了欧洲，徐申如一日来上海对陆小曼说："你没必要这样一个人守着一间大房子，何不把车子停在车库，只留一个佣人看房子，过来和我们一起住乡下？"陆小曼不接他的话茬，搞得徐父没面子大怒回乡。次年，徐志摩回国，老父对他说："我已经决定不再和你老婆讲话了，如果她不搭理我，我又何必想办法善待她？"从此，徐申如夫妇若来上海，只徐志摩往见。偶尔陆小曼也来，则徐父走避，只留徐母接见。

徐母病重，张幼仪床前尽孝，陆小曼几次要去探望，徐申如都明令禁止，说她来他走。陆小曼要去面见公爹，他又避而不见。徐志摩问父亲：既是你同意我们结婚，小曼便是徐家媳妇。媳妇服侍婆婆，有何不对？徐申如却说日后商量，其实却再没有商量过此事。徐志摩在家尽孝，写信给陆小曼："昨晚打电话后，母亲又不甚舒服，亦稍气喘，不绝呻吟。我二时睡，天亮醒回。又闻呻吟，睡眠亦不甚好。今日似略有热度，昨日大解，又稍进烂面或有关系。……今晚父亲与幼仪、阿欢同去杭州。我一人留此伴母，可惜你行动不能自由，梵皇渡今亦有检查，否则同来侍病，岂不是好？"

一直到徐母过世，陆小曼终未能端汤进药，侍奉终老。一个小小的徐家，居然不如偌大的上海好摆平。

牡丹花下睡，地上是针毡

徐母过世，陆小曼以儿媳身份素服往祭，被徐父拒之门外，无奈当天返回上海，而张幼仪却以干女儿的身份参加葬礼。陆小曼受打击甚深，在写给徐志摩的信上说：“你通同他人来欺我！你家欺我太甚。”

徐志摩给陆小曼接连写信，安慰她说我也甚是懊恼愤懑，我们是一体的，我家欺你就是欺我，我连自己的爱妻都保护不了，还有什么话说。可是我跟父亲顶撞几句，他就到灵前放声大哭。可是你放心，我虽然懦弱孝顺，也不会就这么善罢甘休。我们一定要靠在一起，同心合力，出这口气不可。母亲不在了，这个家我也不留恋了，既然父亲喜爱幼仪，那就让她去孝顺他罢了。这次他拒绝你，就是间接地离绝我，我们非得出这口气。

至于真出气还是假出气，那就不必去考量。及至下个月徐父过 59 岁的寿辰，他还是乖乖回硖石。所以说，做人家儿子和丈夫的，那是一定要学会当双方的出气筒和灭火器。他这么一说，陆小曼气就出了一半，虽然沮丧，不再气极。说来陆小曼是个聪明人，却在自己的事情上总犯糊涂：招来这样的结果，难道没有自己的原因吗？当初徐父虽不同意婚事，可是二人真的结了婚，他还是让小夫妻回家重新举行婚礼，且又盖了小楼做新巢。如今何至于连门也不肯让儿媳进？而且自己过寿，任凭儿子请求，也不让陆小曼来表孝心——估计是再丢不起那个人。

寿宴已毕，两日后徐母“开吊”，徐父倒是允许陆小曼参加。可是陆小曼来后，张幼仪也在，两个人一比较，幼仪孝顺、贴心、能干；小曼挥霍、浪荡、花天酒地，真教老爷子气不打一处来，于是徐申如对小曼仍旧冷若冰霜，避之若瘟疫。

陆小曼坐立无据，动止失措，一心委曲，难得求全，苦不堪言。如此她更是恨起徐家来，连带徐志摩一起恨。多年后，陆小曼还对郁达夫的前妻王映霞说：“徐家公婆把志摩与幼仪的离婚，归咎于我，这是大大的冤枉。他们离婚是 1922 年，我与志摩相识于 1924 年，其间间隔两年，他们的事完全与我无关，但他们对我不谅解。公公视我如仇人，结婚几年，还不允许我见婆婆的面。映霞，我是在矛盾中生活，也是在痛苦中生活。‘问君能有几多愁，恰似一江春水向东流’。我以最大的勇气追求幸福，但幸福在哪儿呢？是一串泡影，转瞬之间，化为乌有。”

基于这方面的原因，对于徐志摩要她北上一事，一肚子委屈加怨恨的陆小曼十分拒绝。爱人不领受自己的心意，这让徐志摩也更加委屈，信上语气就不善："我想到你那乱，我就没有勇气写好信给你。前三年我去欧美、印度时，那九十多封信都到哪里去了？那是我周游的唯一成绩，如今亦散失无存，你总得改良改良脾气才好。我的太太，否则将来竟许连老爷都会被你放丢了的。……老爷是一只牛，他的唯一用处是做工赚钱。'牛'这两星期不但要上课还要补课，夜晚又不得睡，心里也不舒泰。"

陆小曼不给他回，据说她和翁瑞午一群人游杭州。真是个傻子，"光让牛干活，不给牛吃草"。

可是，牛再干活，种出来的粮食还是不够吃。

徐志摩回家的时候，为节约路费，常会搭乘别人的免费飞机。陆小曼怕他出危险，徐志摩说："你也知道我们的经济条件，你不让我坐免费飞机，坐火车可是要钱的啊，我一个穷教授，又要管家，哪来那么多钱去坐火车呢？"陆小曼没有话讲，只得说："心疼钱，那你还是尽量少回来吧！"不过徐志摩终究是顾家的男人，仅1931年的上半年，徐志摩就在上海、北京两地来回奔波了8次。

关于钱的问题徐志摩在给陆小曼的家信中也提了又提，这让他怎么能不提呢？因为钱，都急得睡不着觉："……钱的问题，我是焦急得睡不着。现在第一盼望节前发薪，但即节前有，寄到上海，定在节后。而二百六十元转眼即到，家用开出支票，连两个月房钱亦在三百元以上，节还不算。我不知如何弥补得来？借钱又无处开口。我这里也有些书钱、车钱、赏钱，少不了一百元。真的踌躇极了。本想有外快来帮助，不幸目前无一事成功，一切飘在云中，如何是好？钱是真可恶，来时不易，去时太易。我自阳历三月起，自用不算，路费等等不算，单就附银行及你的家用，已有二千零五十元。节上如再寄四百五十元，正合二千五百元……我想想，我们夫妻俩真是醒起才是！若再因循，真不是道理。再说我原许你家用及特用每月以五百元为度。我本意教书而外，另有翻译方面二百可恃，两样合起，平均相近六百，总还易于维持。不想此半年各事颠倒，母亲去世，我奔波往返，如同风裹篷帆。身不定，心亦不定。莎士比亚如何译得？结果仅有学校方面五百多，而第一个月又被扣了一半。眉眉亲爱的，你想我在这情形下，张罗得苦不苦？同时你那里又似乎连五百都不够用似的，那叫我怎么办？”

徐志摩每天四五节课，早起晚睡，身边没有红袖添香不说，也没有知冷知热的女人端茶递水。胡适的太太看他辛苦，说他可怜，他只当是为人丈夫的本分之事，盼着哪一天小曼想清楚，与他北上团聚。一派痴心，隔两天就写一封信，嘘寒问暖传情达意。陆小曼写信却少，就是写，信里也是讽刺挖苦，徐志摩信中央求：“你来信说几句亲热话，我心里不提有多么安慰？已经南北隔离，你再要不高兴我如何受得？所以大家看远一些，忍耐一些，我爱你，你最知道，岂容再说。”

想想也真是替徐志摩抱委屈。陆小曼能一下买上五双高档皮鞋，可是徐志摩竟是想做一件衣裳而不可得，也难怪他抱怨陆小曼糊涂，不照管老公的衣服。徐志摩本来也没有什么衣服，天热了，他只有一件白大褂，本来两件单哔叽的袍子，陆小曼也没有给他放在衣箱里，让他都没有可替换的。在北京做吧又没有钱；倒是还有一个羽纱的布料，陆小曼说是要给他染了再做，可是做了没有呢？所以他写信去怨怪她，让她把自己老爷的衣服也劳驾照管一下。陆小曼本来很懒，他的信一封一封地往回写，陆小曼却每天耽连喜乐，一封也懒得去回，这回倒是回了一封，口气却是这样：

“顷接信，袍子是娘亲手放于箱中，在最上面，想是又被人偷去了。家中是都已寻到，一件也没有。你也须察看一下问一问才是，不要只说家中人乱，须知你比谁都乱呢。现在家中也没有什么衣服了，你东放两件西放两件，你还是自己记记清，不要到时来怪旁人。我是自幼不会理家的，家里也一向没有干净过，可是倒也不见得怎样住不惯，像我这样的太太要能同胡太太那样能料理老爷是恐怕有些难吧，天下实在很难有完美的事呢。玉器少带两件也好，你看着办吧。既无钱回家何必拼命呢，飞机还是不坐为好。北京人多朋友多玩处多，当然爱住，上海房子小又乱地方又下流，人又不可取，还有何可留恋呢！来去请便吧，浊地本留不得雅士，夫复何言！”

文字功底是有的，可惜用在了刀对刀枪对枪。还要教徐志摩来去自便，好像财主有一箱的金元宝，偶然散失一枚铜元，实在没什么大不了。架子摆足了就大了，大了，就快没有架子可摆了。

徐志摩气苦。于是1931年6月25日写信，语气就决绝了：

“你一定要坚持的话，我当然也只能顺从你。但我既然决在北大做教授，上海现时的排场我实在担负不起，夏间一定得想法布置。你也得原谅我，我一人在此亦未尝不无聊，只是无从诉说。人家都是团圆了，叔华已得通伯，徽因亦有了思成，别的人更不必说常年常日不分离的。就是你我，一南一北。你说是我甘愿离南，我只说是你不肯随我北来，结果大家都不得痛快。但要彼此迁就的话，我已在上海迁就了这多年，再下去实在太危险，所以不得不猛省。我是无法勉强你的，我要你来，你不肯来，我有什么法想？明知勉强的事是不彻底的。所以看情形，恐怕只能各行其是。”

那意思恐怕就是：你来是夫妻，不来是路人了。可是到底是深爱着，仍旧不死心，罹难前一个月，还给陆小曼写信，继续试图劝她北上：

“眉爱，你知我是怎样的想念你！你信上什么‘恐怕成病’的话，说得闪烁，使我不安，终究你这一月来身体有否见佳？如果我在家，你不得休养，我外出你仍不得休养，那不是难了吗？前天和奚若谈起生活，为之相对生愁。但他与我同意，现在只有再试试，你从我来北平住一时，看是如何。你的身体当然宜北不宜南！……我们恩爱夫妇，是否有此分离之必要？眉，你到哪天才肯听从我的主张？”

信中“钱”字又如冤魂，缠绕得人难安：“我是穷得寸步难移；再要开窟窿，简直不得了，你是知道的，大雨搁浅，三百渺渺无期。”

“你送兴业 500 元是哪一天？你即告我。因为我二十以前共送 600 元付账，银行二十三来信，尚欠 400 元，连本月房租共欠 500 有余。如果你那 500 元是在二十三以后，那便还好，否则我又该着急得不得了！请速告我。

“车怎样了？绝对不能再养的了！

“大雨家贝当路那块地立即要出卖，他要我们给他想法。他想要 5000 两，此事瑞午有去路否？请立即回信。如瑞午无甚把握，我即另函别人设法。事成我要二厘五的一半。如有人要，最高出价多少，立即来信。卖否由大雨决定。

“明日我叫图南汇给你 200 元家用（十一月份），但千万不可到手就宽，我们的穷运还没有到底；自己再不小心，更不堪设想。我如有不花钱的飞机坐，立即回去。不管生意成否。我真是想你，想极了！”

回想当日，虽是苦恋，探手入荆棘，中有牡丹花。如今是牡丹花下睡，地上是针毡。

陆小曼和林徽因

人寂寞了是会找安慰的，谁也不是圣人。

徐志摩的心里，是要时时刻刻美人萦绕，温情和谐，断受不了冷落凄凉。甚至他去巴黎，对邂逅的一位陌生异邦女子，也心生好感与好奇。他坐在巴黎热闹的饭店里，一瞥眼看见她，独坐在灯光最暗漆的屋角里，一身淡素衣裳，戴一顶宽边的黑帽，在鬈密的睫毛上隐隐闪亮着深思的目光，这令他几乎疑心，莫不是修道院的修女偶尔到了红尘？她那别样的支颐的倦态，她的颀长的手指，她的落寞的神情，有意无意间的叹息，都在激发他作为一个诗人的好奇。

是啊，放眼这热闹房间，“哪一个男子不带媚态，哪一个女子的胭脂口上不沾笑容，就只她”，如此素装素面。

更令他惊奇的是，她从不等舞会开始就匆匆出去了，好像害怕或是厌恶似的。

第一晚这样，第二晚又是这样。到了第三晚，她再来的时候，徐志摩再也忍不住，上前接近她和她搭讪，女子向他倾诉自身的情路际遇。一个美丽又聪慧的女郎，十七岁时由父亲安排嫁给了一个英国绅士，可两人之间并无真正的爱情，婚后生活毫无幸福可言。四年后，女郎离婚回到了巴黎，不久后她疯狂地爱上了一个来巴黎求学的菲律宾少年，并抛弃了一切跟着这男人来到东方。谁知男子的家庭坚不容她，男子不久也遗弃了她，她只好以做保姆维生，直到一封老父病危的电报又将她拉回了巴黎。回到巴黎后，父亲已病逝，重重的打击在女郎的心灵上留下深重的创伤。

女郎这样表述她当时的心境：“从此我在人间还有什么意趣？我只是个实体的鬼影，活动的尸体，我的心也早就死了，再也不起波澜。”

九个小时后，两个人各走各路，再不相涉。这件事被徐志摩记载在《巴黎的鳞爪》里。

若说这只是一小片云，偶尔投影在他的波心，那么徐志摩还有一个恒久的安慰，就是林徽因，她就是他的“床前明月光”。

如果徐志摩是张幼仪的情劫，那么林徽因便是徐志摩的情关。生关死劫谁能躲，情关情劫也没有谁能全身而退，有伤仿似无伤。诸多的阴差阳错，看起来活像命运导演的一出出闹剧，好比一只蜻蜓掠过一片花瓣，此后蜻蜓终归是蜻蜓，花也终归是在远离了蜻蜓的地方——独自香。

两个人之所以走不到一起，归根究底，恐怕就是对待爱情的态度不同。林徽因冷静、理智，而徐志摩却像一把火，野火燎原，全然没的救。

1924 年泰戈尔访华，5 月 8 日，泰戈尔 64 岁诞辰，为了给他庆生，新月社的成员们用英语编排了他的诗剧《齐德拉》。林徽因饰公主齐德拉，徐志摩饰爱神玛达那，虽然他们早已成为“平行线”，却在戏中投入各自角色，用英语把这出戏演得动人心弦。台下掌声不断，一场戏演下来，他好比过了一生。这一晚不知道各自当事人怎么思怎么想，我们只知道，5 月 17 日，林徽因单独约见了徐志摩。

月上柳梢头，人约黄昏后，想必徐志摩以为终可守到云开见到月明，可惜林徽因再次给他兜头浇下一瓢凉水，诗人最怕是离别，此次偏又是离别。林徽因再次提早退场。

之后，泰戈尔离京去太原，徐志摩陪同，林徽因在人群中送别。徐志摩写下下面的话：

“我真不知道我要说的是什么话，我已经好几次提起笔来想写，但是每次总是写不成篇。这两日我的头脑只是昏沉沉的，开着眼闭着眼都只见大前晚模糊的凄清的月色，照着我们不愿意的车辆，迟迟地向荒野里退缩。离别！怎么的能叫人相信？我想着了就要发疯，这么多的丝，谁能割得断？我的眼前又黑了！”（《徐志摩全集》）

几个月后，林徽因和梁思成双双赴美留学，此后万里迢迢，天各一方，徐志摩恋上了朱砂痣一般艳丽魅惑的陆小曼后，还对于那次离京向西之时的离别伤情念念不忘，忍不住在《爱眉小札》里向小曼倾诉，“我倒想起去年五月间那晚我离京向西时的情景：那时更凄怆些，简直是悲，我站在车尾巴上，大半个黄澄澄的月亮。在东南角上升起，车轮阁的阁的响着，W 还大声地叫‘徐志摩哭了’（不确）；但我那时虽则不曾失声，眼泪可是有的。怪不得我，你知道我那时怎样的心理，仿佛一个在俄国吃了大败仗往后退的拿破仑，天茫茫，地茫茫，叫我不掉眼泪怎么着？”

陆小曼和林徽因是风格完全不同的两个人，一个是妖艳的“罂粟”，一个是清洁的“白荷”；一个是名妓做派，一个是仕女风格；一个是薜荔“女萝”，一个是弱柳“瘦竹”。若非徐志摩在林徽因这里碰了一个大钉子，心被划开一个大口子，从此对林徽因这样的女神人物退避三舍，进而为了疗伤，干脆走向反方向。那么，陆小曼和他的姻缘，怕也未必能够成就。所以说这个世界上没有什么事情是偶然的，一切的发生都正当其时。张幼仪的出现为林徽因的被爱上作了铺垫，而林徽因的出现为陆小曼的被爱上作了铺垫。

即使婚后，徐志摩对林徽因也念念不忘。林徽因对徐志摩，也未必没有情怀。徐和陆回老家度蜜月，林徽因就从宾夕法尼亚寄过信来，遥祝二人白头偕老。1928 年冬，徐志摩去看望病重的梁启超，也见到已作人妇的林徽因。他在给陆小曼的信里如此评论："林大小姐……风度无改，涡媚犹圆，谈锋尤健，兴致亦豪，且亦能吸烟卷、喝啤酒矣!"吸烟卷、喝啤酒也便罢了，这个"涡媚犹圆"是什么意思？教陆小曼看了怎不"吃味"?

时隔两年，徐志摩的表妹夫陈从周在 1950 年写的《徐志摩与双括老人》里面，有一段文字惹人遐想："民十九秋，徽音病肺居长春，志摩探视之，执手呜咽，徽音出自作小说一部，言其中主角即伊等二人，复重申婚嫁之议，事前徽音曾有一照一诗寄志摩，志摩黯然者移时，迟迟未成行，徽音再以电催之，始行。"

1930 年冬，徐志摩去沈阳看望梁思成和林徽因夫妇，其中林徽因正害病，徐志摩一力主张二人回北京治疗，一点不避嫌。他也对林徽因倾诉不幸，以得安慰。红灿灿的朝霞渲染着整个老北京城，来来往往的人群夹杂着各种叫卖声。北京城里的大街小巷都是这么热闹，红砖绿瓦都散发着暧昧的气息。徐志摩在这里感受到了片刻的温馨。

次年春，徐志摩到北平教书，更是有事无事去梁家走一遭。林徽因病体不支，他催促她上山疗养，且又写信告诉小曼："你要是见了徽音，眉眉你一定吃吓。她简直连脸上的骨头都看出来了；同时脾气更来得暴躁。"

林徽因上山疗养，徐志摩和一群友人一同去探望，见到林徽因，再给陆小曼写信，说林徽因胖了，脸晒黑了，可以做印度美人。当着妻子夸别人家的女人，且是夸自己的前情人，这种找死的行为真教人不理解。亏得陆小曼还明明正正地警告过他："你跟任何女人的任何交往都不必瞒我，我无所谓，绝不干扰。唯独林徽因，你绝不可跟她再有接触。只要让我知道你跟她还有来往，我绝不答应。老实讲，我是要吃醋的。"

他甚至还夸林家的孩子："孩子倒极俊，可爱得很，眼珠是林家的，脸盘是梁家的。"这话更是让不能生养的陆小曼心里扎了一根刺。

林徽因住在山上，梁思成周末去一次，倒不及徐志摩去得勤。徐志摩每次去看林徽因，住在甘露旅馆，有资料显示，"九一八"前后，竟住了半个多月。每天下午他都去见徽因，两个人谈文学、谈诗，他又导引林徽因写诗。他一力重铸陆小曼不曾成功，却在林徽因这里获得巨大的成功，林徽因的诗写得好极了，一首《你是人间四月天》至今仍被文艺爱好者吟诵：

我说你是人间的四月天；
笑响点亮了四面风；
轻灵在春的光艳中交舞着变。
你是四月早天里的云烟，
黄昏吹着风的软，
星子在无意中闪，
细雨点洒在花前。

那轻，那娉婷，你是，
鲜妍百花的冠冕你戴着，
你是天真，庄严，
你是夜夜的月圆。
雪化后那篇鹅黄，你像；
新鲜 初放芽的绿，你是；
柔嫩喜悦，
水光浮动着你梦期待中白莲。
你是一树一树的花开，
是燕在梁间呢喃，
——你是爱，是暖，是希望，
你是人间的四月天！

徐志摩也对着林徽因倾诉婚姻内的不如意，也少不了得着林徽因的安慰。这两个人，有共同的情感经历，有共同的兴趣爱好，有共同的审美情趣，有更悠长的过往岁月。这一切，陆小曼都不能比。

然而，陆小曼就说徐志摩去北京哪里是什么振奋和上进，根本还不是因为那里有个林？你且好好照顾她的病，莫管你家里病着的妻。徐志摩就赶紧去信剖白："此次相见与上回不相同，半亦因为外有浮言，格外谨慎，相见不过三次，绝无愉快可言"。看，如同陆小曼与翁瑞午交往惹浮言，他与林徽因交往也惹上了浮言。

固然他现在爱的是小曼，可是就算爱罢，总归是心有不足的。林徽因也病也弱，可是她既相夫，又教子，又奔忙事业，又写诗。陆小曼固然病弱，却只知抽大烟、交荡友、跳舞、打牌、看戏、逛公园。两相对比，怎么能没有南辕北辙之叹呢？再说，除了林徽因，这个世界上，还有另外一个能和他一起谈诗的女子吗？

身为徐志摩的前妻，张幼仪对陆小曼的态度倒很超然。她承认陆小曼美，也亲见徐志摩对于陆小曼的浓情，却不嫉妒，因为陆小曼在他二人的婚姻破裂中未曾承担任何责任，她很无辜。张幼仪也不恨徐志摩，她有旧式女人随顺的旧德；而且离婚后倒更和洽，徐志摩还给她写信和去电话，她也给徐志摩做裤子、做领带。倒是张幼仪对林徽因，有着一些敌意，因为徐志摩当初是因为林徽因，对自己百般冷待。

1947年，林徽因病重，还特别要求见张幼仪，张幼仪说："我想，她此刻要见我一面，是因为她爱徐志摩，也想看一眼他的孩子。……可叹的是，这个她（林徽因）要见的仍旧没轮上陆小曼。"

林徽因和陆小曼，这两个徐志摩生命中最重要的女人，如此纠纠缠缠了近半生。

两颗心逐渐看不清

陆小曼曾经送过徐志摩一枚镶着“勒马玉”的戒指，“勒马玉”即是讲一个人手戴翠玉，一日一匹马迎面而来，冲势甚猛，他将翠玉往马眼前一送，马儿即觉得一片草儿青青，于是放慢脚下，轻触翠玉。这个人性命得全，遂将此玉命名为“勒马玉”。

在追求情感之路上，徐志摩像一匹疯马，一路狂奔，不肯停留；然后他就遇到了陆小曼，好比马头前一片茵茵翠草，让他情不自禁驻步流连。

不过，实话说，此二人并不适合结婚。徐志摩是一个理想明确、追求高远的人，陆小曼却无甚理想，稀里糊涂过日子；若论追求高远，她也萌发过想要提升自身的想头，却是在徐志摩的激励之下；若论她自己，却不觉高有多高，远有多远，尚不如眼前的美衣华服、跳舞唱戏、烟榻横陈吸引人。徐志摩是一个生性简朴的人，陆小曼却胎里带来的豪奢；徐志摩是一个严谨的人，陆小曼却散漫惯了，如蓬生蔓草的拘束不紧；徐志摩是一个有责任感的人，陆小曼却不能对他投桃报李。“你觉得养我是你的责任，我并不觉得减轻你的负担是我的责任。”

戏剧的是，两个人终究还是欢天喜地入了“围城”。

虽然入了“围城”，城外还有好“风景”，徐志摩和几个女性一直保持较为密切的来往。

凌叔华就是其中一位。

凌叔华是一个文学和绘画都很有天赋的才女，也许因为古都北平的独特魅力，造就了她本身的独特修养。她与苏雪林、袁昌英合称“珞珈三女杰”，三人都是自“五四”以来的中国文坛上很有名气的女作家；同时又与冰心、林徽因一同被誉为20世纪30年代“北方文坛的三位才女”。

徐志摩、沈从文、苏雪林都曾将凌叔华誉为“中国的曼殊斐儿”。曼殊斐儿是英国女作家，徐志摩称其“像夏夜榆林中的鹃鸟，呕出缕缕的心血制成无双的情曲，即便唱到血枯音嘶，也不忘她的责任是牺牲自己有限的精力，替自然界多增几分的美，给苦闷的人间几分艺术化精神的安慰”，而对于曼殊斐儿的外貌，徐志摩更赞曰：“眉目口鼻子清之秀之明净，我其实不能传神于万一；仿佛你对着自然界的杰作，不论是秋水洗净的湖山，霞彩纷披的夕照，或是南洋莹彻的星空，你只觉得它们整体的美，纯粹的美，完全的美，不能分析的美，可感不可说的美……”

当初，林徽因、凌叔华、陆小曼、徐志摩常一起聚会。林徽因已与梁思成有婚约在身，对徐志摩只能是一种止乎礼的亲近，而凌叔华和陆小曼与徐志摩日益相近，徐志摩双星伴月，得意非凡，同时与二人交往并通信。陆小曼本已是有妇之夫，凌叔华还是小姑独处，二人也声气相投，相识半年，通信七八十封，几乎是你来我往不间断，且又时不时地聚会谋面，交谊非同一般。

有段期间，徐志摩的父亲对于凌叔华也是中意的。1924 年 8 月，徐志摩从印度回上海，同时收到凌叔华与陆小曼写给他的信。次日徐父去看儿子，王赓亦同往，徐志摩说“叔华有信”，即把信交徐父拆阅，王赓也凑趣同看，哪晓得竟然是妻子陆小曼写给徐志摩的信件，其情漾漾。王赓脸色大变，一封信把徐志摩从朋友置于情敌的位置，“大幕”就这样拉开。

若无这一次的错拿信件，谁又晓得会是哪一种结局?

不过后来凌叔华说：“说真话，我对徐志摩向来没有动过感情，原因很简单，我已计划同陈西滢结婚，陆小曼又是我的知己朋友。”

虽然她和徐志摩之间也许并无太多情爱，但是作为红颜知己，凌叔华还是够分量的，徐志摩对她也比对旁的人不同。他和陆小曼爱得方生方死，死死生生，也不曾断了和凌叔华的联系。徐志摩编《晨报》副刊，用凌叔华的《海滩上种花》做报头；他还“借”来这个标题做自己的演讲题目。徐志摩平生不替书作序，唯有一次，替凌叔华的小说集《花之寺》写序一篇。1925年，徐志摩因与陆小曼的恋情招致非议，跑到欧洲避风头，把装有日记文稿的小提箱交于凌叔华保管，因为他觉得“只有L是唯一有益的真朋友”。后来徐志摩平安归来，拿回箱子。

徐志摩到北平做教授，客居胡适家中，又把箱子交给凌叔华保管。较之上次，箱子里多了陆小曼于1925年徐志摩旅欧期间写的两本日记，以及徐志摩写于1925年和1926年的两本日记和两次旅欧期间写给陆小曼的情书。

此后徐志摩飞机失事丧生，“八宝箱”又牵出一段公案，待容后再叙。总之，徐志摩与凌叔华的交谊，由两次交托箱子可见一斑。尤其箱子里有自己的剖肝沥胆，有与他人的私情密语，且有自己情人的私情密语。莫说徐志摩生性浪漫，如今浪漫的人多，有多少人敢把这些东西不设密码，交托他人保管？

单从徐志摩的这个举动，便可以看出凌叔华在以徐志摩为中心的几个女人之间的情感纠葛中，地位很不一般。由此，徐志摩撞山后，陆小曼成为众矢之的，大家都说如果不是她，徐志摩不会死，唯有凌叔华不骂陆小曼，还同情陆小曼。

徐志摩的死令凌叔华同样痛心，她撰文《志摩真的不回来了吗?》，语气衷情深肠，反反复复，只是一个意思：“志摩，你真的死了吗?”“我真不相信你永远不回来了”“志摩，你真的不回来了吗?”

其次是韩湘眉。

韩湘眉，著名美籍华人学者，我国最早的大学女教授之一。徐志摩的又一个红颜知己，在中国二三十年代的文坛上，与冰心、林徽因、凌叔华并称“四大美人”。她的丈夫张歆海是著名的作家，外交官。当初，张歆海也是陆小曼粉丝队里的一个人，在北京的时候，跑去陆小曼家做客，几个小时都不肯走，陆小曼在日记里这样写道：“歆海有时独自来，一坐就几个钟头，不等我催他三四次，他是绝不走的。……歆海说他头回见面他就爱我的……”“歆海来吃饭，他来的时间正是家中无一人，我真怕!他老问我志摩怎样，到后来我只得告诉他我爱他，我说‘歆海我很感激你对我的情，可是我只能爱你像一个哥哥似的’，他很不高兴……”

后来张歆海娶了韩湘眉，徐志摩和陆小曼和他夫妻二人之间，关系就有一些微妙，纵横交织。韩湘眉是海派美女，聚会时常亲吻徐志摩脸颊以作告别，还把自己的一只名叫“法国王”的猫送给志摩，徐志摩对其钟爱不已，宠溺无两，他在《巴黎的鳞爪》里这样写过：“这几篇短文，小曼大都是在你的小书桌上写得的。在你的书桌上写得，意思是不容易。设想一只没遮拦的小猫尽跟你捣乱：抓破你的稿纸，踹破你的墨盂，袭击你正摇着的笔杆，还来你鬓发边擦一下，手腕上咬一口，偎着你鼻尖‘爱我’的一声叫又逃跑了！但我就爱这捣乱，蜜甜的捣乱，抓破了我的手背我都不怨，我的乖!”

徐志摩辞了上海的教职，要去北京教书，韩湘眉便上门讨回了自己的猫——这只猫是送给徐志摩，替自己和他做伴的，如今徐志摩要走了，她怎么放心爱猫教陆小曼养呢？

可怜徐志摩又要交还这只猫，又要编出谎来，说是韩湘眉家闹耗子，要这只猫前去镇压，以此说法好教陆小曼不难堪，不生气。

怎么能不难堪，不生气。陆小曼纵是沉迷“阿芙蓉”，她也生的是七窍玲珑心。个中原委，除非不愿知不想知，不屑一知，否则怎么可能不知。

就在徐志摩出事的前一晚，他曾见到韩湘眉，韩湘眉还问他：“你这次乘飞机，小曼说什么没有？”徐志摩笑说：“小曼说，我若坐飞机死了，她做 Merry Window（风流寡妇）。”

风流不风流另说，寡妇倒是真的做成了。有的时候，是有一语成谶这回事的。

徐志摩去世后，韩湘眉写了一篇《志摩最后的一夜》：“志摩！你曾否听见轻微的、遥远的声音呼唤你？你又同得你眷爱的‘法国王’（猫名）玩耍。它在你家住过两年，你说你常搂着它睡。我因你去北京，将它领回。每次你来，它总跳伏在你的怀里，可怜的猫，从此不用它再想有那般温存它的人。”

1957 年，韩湘眉从美国回来探亲，想顺便看陆小曼，只是陆小曼不愿相见。上海美协主席赖少其鼓励她见见无妨，两个人于是在锦江饭店见面。韩湘眉说："你快胖得我认不出来了。""你的精神这么好，我真是想不到。"之后，她表示要给陆小曼一点经济上的资助，陆小曼拒绝了，说自己有工作，有收入，好意心领。

还有一个极少被人提及的名字——俞珊。

俞珊，小徐志摩十一岁。她在南国社里演王尔德的《莎乐美》演得好，邪肆柔魅，艳得惊天地动鬼神。剧里有惊人的一幕，她疯狂地亲吻情人刚被割下来的尚在滴血的头颅……

距今近百年的20世纪30年代，这样的表演绝对越位、大胆。徐志摩本身是一个叛逆的人，对这样的人物形象和俞珊的演绎自然也十分认同，是以俞珊赠他捧头亲吻的剧照，徐志摩把它放在书房，随时可以抬眼来看。1930年，俞珊造访徐志摩家和其相谈甚欢。两个人共同语言也甚多，可以谈人生、谈理想、谈诗歌、谈梦幻，陆小曼对她本能地心生戒备。

一天，陆小曼问徐志摩："摩，你觉得俞珊怎么样啊？"徐志摩不解答："怎么样？没怎么样啊。"陆小曼说："你不觉得她很肉感吗？"这句话就彻底暴露了她心底的恐慌。"肉感"这个词，大约就等同于如今的性感吧。哪怕她只是一个比陆小曼小好几岁的小女孩，陆小曼也感觉到了这种来自天真的、惘惘的威胁。陆小曼让徐志摩自律，徐志摩反让陆小曼管着点俞珊，意思是说她爱亲近我，我能怎么办？陆小曼说："俞珊是只茶杯，茶杯没办法拒绝人家斟茶。而你是牙刷，牙刷就只许一个人用，你听见过有和人共用的牙刷吗？"

此后时间不长，俞珊即和一个留美的海归热恋同居，临别北上青岛前赠徐志摩两首诗：《送别》与《交叉》。1931 年，徐志摩给陆小曼写信："星（期）四下午又见杨今甫，听了不少关于某某的话。好一位小姐，差些一个大学都被她闹散了。某某某也有不少丑态，想起来还算咱们露脸，至少不曾闹什么话柄。夫人！你的大度是最可佩服的。"

这其中"好一位小姐"，指的就是俞珊，"不少丑态"，指的是梁实秋，他钟情俞珊，晚年梦中尚呼其名；闻一多也闹过绯闻，主角也是俞珊。无论走到哪里，她的张狂邪肆的美都对男人有着"罂粟花"一般致命的诱惑力。

后来徐志摩在北京饭店遇到俞珊，禁不住幻灭之感，写信给陆小曼"病后大肥，肩膀奇阔，有如拳师，脖子在有无之间。因为彼有伴，未及交谈，今日亦未通问，人是会变的"。一个"人是会变的"平平淡淡的几个字，蕴含着多少感喟。就好比《围城》里清高的苏文纨，到最后也成了庸俗的女人。

除此几位女性友人外，还有更荒唐的。

1931 年 6 月 25 日，徐志摩在给陆小曼的信中说："说起我此来，舞不曾跳，"窑子"倒是去过一次，是老邓硬拉去的。再不去了，你放心。"

同年 10 月 1 日，他在给陆小曼的信中又写道："晚上，某某等在春华楼为胡适之饯行。请了三四个姑娘来，饭后被拉到胡同。对不住，好太太。但某某说有他不妨事。某某病后性欲大强，他在老相好鹣鹣处又和一个红弟老七发生了关系。昨晚见了，肉感颇富。她和老三是一个班子，两雌争某某，醋气勃勃，甚为好看。”

逛窑子，然后再写信告诉太太。他这个做法，是为的什么？教陆小曼看了，好对自己起了争风吃醋之意，然后一争一吃之下，自动从上海跑到北京？还是觉得狎妓于感情无碍，必不致太太愤懑了金怀？

奇怪。

而陆小曼的沉迷于吸鸦片，且日日与翁瑞午相伴，有多少成分是陆小曼自己的原因？又有多少成分是徐志摩造成的？这个恐怕是最精通化学的科学家也分析不清。

无论怎样，两个人虽不至于楚河汉界，两颗心却逐渐拉远到互相看不清。

第六卷

多情自古空余恨

徐志摩之死

1931年11月，陆小曼给徐志摩连拍电报，催他回家。徐志摩兴奋极了，想着是妻子想念他，赶快托关系预定到送顾维钧去南京的座机。因为飞机延期，才得了时间他与北平好友一一话别。

他对好友许地山说："也许永不再回来了。"

这话是什么意思？他不回北平，是看到爱妻思念自己的心意，终于决定留在上海，夫妻相伴了么？还是冥冥中天意指使，教他说出这样"不祥"的话来？

之后，他又去看凌叔华，见她一个本子上正抄写着他的文章，且戏题曰："志摩先生千古"。这个诗意的女子，又是什么意思？莫不是她设想着这是一本徐志摩身后的东西，上面记录的是已经作古的徐志摩的文字？还是说徐志摩的文章必流传千古？徐志摩说：“哪能就千古了呢？”

他又给林徽因留字条说：“定明早六时起飞，此去存亡不卜……”

这话想来不过是故作夸张，在心仪的女神面前说一些教她哀怜的话，收获一些爱与关怀。林徽因阅字即打电话给他，他就故作豁达地说：“你放心，很稳当的，我还要留着生命看更伟大的事迹呢，哪能便死？”

说起来，徐志摩真是“人生如戏”，汪洋恣肆，纵是横遭阻隔，也不会如一泓湖水那样妥协与平静下来，必得要呜咽怒吼，对着拦阻他的礁石头撞脚踢。他想要拿自己的生命“演出”伟大的事迹，也希望看到这个世界发生的更伟大的事迹。他是一个荡子，却不是轻巧如胡兰成那样什么都不认真、风过云不留痕，而是抬望眼，不惜与全世界为敌的壮烈激烈。

这次从北平返沪倒是一路平安，他 13 日抵达上海，急匆匆回家去看陆小曼。谁想陆小曼仍旧一榻横陈，吞云吐雾，梦死醉生，对于急奔而来的徐志摩，有着超出尘外的漠然。而她给他连拍十几封急电，不过是负债累累，家中无钱。

徐志摩的欣喜如流水跌下悬崖，砸出轰轰的回响，为此二人大吵一架。陆小曼盛怒，举烟枪去掷徐志摩的脸，他躲闪间跌破金丝眼镜，伤心离家，一夜未归；次日到刘海粟处，看他从海外归来的新作；中午到罗隆基处进餐，午后又回刘海粟处。这样一直在外流连，觉得陆小曼的气消散了，说不定此刻正切切地等自己归来，并且要扑向自己的怀抱，向自己温言软语地道歉——于是他满怀期待地返回家里，看到的却是陆小曼摆在极显眼的地方的绝情信。

好像被一瓢雪水兜头淋下，徐志摩脸色铁青，匆匆离沪，18日到了南京，住在朋友何竞武家。晚上他到了张歆海家，还遇到杨杏佛，然后与张歆海的夫人韩湘眉继续讨论“人生与恋爱”的话题。狂谈高论之间，韩湘眉注意到徐志摩穿了一条又短又小、腰间破着一个窟窿的西装裤子，并且整个人还像螺旋似的转来转去，找一根久已遗失的腰带，引得大家大笑。徐志摩自我解嘲，说是临行仓促，不管好歹抓来穿上的。

说笑之间，韩湘眉似忽有所感，说：“Suppose something happens tomorrow（说不定明天会有什么事发生），志摩！”

徐志摩笑着说：“你怕我死么？”

“志摩！正经话，总是当心点的好。司机是中国人，还是外国人？”

“不知道！没有关系，I always want to fly（我总是要飞的），我以为天气晴朗，宜于飞行。”

“你这次乘飞机，小曼说什么没有？”

“小曼说，我若坐飞机死了，她作 Merry Window（风流寡妇)。”

这时，杨杏佛接嘴说：“All window are merry（凡是寡妇皆风流)。”

大家一同笑起来。

后来他们继续讲论起徐志摩此后在北平如何生活，而国事又如何如何。夜深了，客人告辞，徐志摩与韩湘眉吻颊而别——这一吻竟成永诀。

当晚，因何竞武家离飞机场近，徐志摩仍宿在何家，以便次日免费搭乘中国航空公司的邮政班机飞返北平。

19日上午8时，雾，不宜飞行。可是当晚林徽因在北平协和小礼堂为外国使节演讲中国建筑艺术，徐志摩不想错过，于是登机，飞机起飞。

10点10分，飞机飞到徐州。徐志摩给陆小曼去一短信，说是“徐州有大雾，头痛不想走了，准备返沪”。

10时20分，飞机再行北飞。

至中午12时半，飞机在济南党家庄附近触山爆炸。三个人中正驾驶与副驾驶烧为焦炭，徐志摩头部撞出大洞，门牙全部磕掉，因求生爬行，指甲中塞满泥土，到底是未抵过死神，享年36岁。当时陆小曼29岁。

Something 果然 Happened。

徐志摩曾在文章里写：“人们原来都是会飞的。天使们有翅膀会飞，我们初来时也有翅膀会飞。我们最初来就是飞了来的，有的做完了事还是飞了去，他们是可羡慕的。”他又崇拜英国诗人雪莱，“尤其奇怪的是他一天到晚羡慕他（雪莱）的覆舟的死况”。

如今撞山而死，轰轰烈烈，也算遂了心愿。

当时的《新闻报》如此报道：

“该机于上午 10 点 10 分飞抵徐州，10 点 20 分继续北行，是时天气甚佳。想不到该机飞抵济南 50 里党家村附近，忽遇漫天大雾，进退俱属不能，致触山顶倾覆，机身着火，机油四溢，遂熊熊，不能遏止。飞机师王贯一、梁壁堂及乘客徐志摩，遂同时遇难。死者三人皆三十六，亦奇事也。”

也作高空一片云

直此，陆小曼有了一个前夫，有了一个亡夫。

她体验到了爱与恨、生与死、悔痛与哀伤。她在《爱眉小札》的序中这样讲：“到这儿，我不觉要向上天质问为什么我这一生是应该受这样的处罚的？是我犯了罪么？何以老天只薄我一个人呢？我们既然在那样困苦中争斗了出来，又为什么半途里转入了这样悲惨的结果呢？生离死别，幸喜我都尝着了。在日记中我尝过了生离的滋味，那时我就疑惑死别不知更苦不？好！现在算是完备了。甜，酸，苦，辣，我都尝全了，也可算不枉这一世了。”

前半生，她挥霍金钱，挥霍珍惜，挥霍爱怜，挥霍青春。

如今，徐志摩死了，她的这份烟炎张天、喧嚣迷乱的青春盛宴，随着飞机的一声巨响，伴随着熊熊火焰，也宣告结束。

后来，陆小曼多次跟表妹吴锦讲起一件事，说是徐志摩坠机的那天中午，悬挂在家中客堂的一只镜框，上面镶有徐志摩的照片，突然掉了下来，相架跌坏，玻璃碎片散落在徐志摩的照片上。陆小曼觉得这是不祥之兆，心突突跳。

三毛的女友路斯去世，当初她们曾经约定，若是有一方先走，灵魂要给对方一个“显示”，于是三毛心里对她说话：“路斯、路斯，你就这么走了，不守信用的家伙，怎么死了一夜了，没见分明呢？我们不是最要好的朋友吗？”结果，几秒钟后，客厅和花园之间的珠帘子，啪一下重重打在关着的木门上。三毛从卧室里飞跑出去看，那副珠帘又无风自动，再度啪一下打到门上，然后才由着惯性，嗒、嗒、嗒地轻轻摆动，直到完全停止。

世间事，就是这么神奇。科学家也无法断定这个世界上有没有灵魂的存在，而所谓的“灵魂”，大约就是曾经的生者对于这个花红柳绿的繁华富贵地，温柔红尘乡最后的牵念和留恋。

徐志摩死了，仍旧眷念着的陆小曼，就这样在她的桌上摆放了徐志摩的遗像，并每天为他献上鲜花，以明其志。只愿那爱人慢走，待她还清今世债，好安心地与他共赴另一个世界的花间香约。

徐志摩遇难，送他免费机票的南京航空公司主任保君健亲自跑到徐家给陆小曼报信，她不听不信，把他拒之门外。保君健无奈之下去找张幼仪，张幼仪派13岁的儿子徐积楷和八弟去山东认领尸体。后来张幼仪说："她（陆小曼）出了什么毛病？打从那时候起，我再也不相信徐志摩和陆小曼之间共有的那种爱情了。"

徐志摩的老父亲一年内丧妻失子，在葬礼上，他给儿子挂挽联：

考史诗所载，沉湘捉月，文人横死，各有伤心，尔本超然，岂期邂逅罡风，亦遭惨劫？

自襁褓以来，求学从师，夫妇保持，最怜独子，母今逝矣，忍使凄凉老父，重赋招魂？

林徽因惊闻噩耗，当场昏厥。梁思成于现场拾回一块飞机残片，被她悬挂卧室墙上。徐志摩去世四周年，她作《悼志摩》一文，笔意着意理性，可仍旧哀伤："志摩，我的朋友，死本来也不过是一个新的旅程，我们没有到过的，不免过分地怀疑，死不定就比这生苦，'我们不能轻易断定那一边没有阳光与人情的温慰'，但是我前边说过，最难堪的是这永远的静寂。我们生在这没有宗教的时代，对这死实在太没有把握了。这以后许多思念你的日子，怕要全是昏暗的苦楚，不会有一点点光明，除非我也有你那美丽的诗意的信仰！"

胡适等一干朋友更是惋惜痛哭。

陆小曼怎么样?

徐志摩的朋友视她如瘟神,纷纷与之“划清界限”;场面上的朋友也都知趣地远离了她以图干净;社会上的舆论暴力如同瓢泼大雨,口嚼齿决,说她是祸水。也是,既不贤良淑德,又不温婉简朴,又横针不拈,竖草不动,让人怎么替她剖白呢?她以自我为中心地活了二十多年,如今尝到了漠视红尘的苦果。

这些也都罢了,最最难过的,是她自己心里愧疚、自责的那道关。

她关牢了门,妄图把噩耗关在门外。噩耗却如同熏香,不由门也进得来,“辅助”陆小曼验证徐志摩真的已死。郁达夫说:“悲哀的最大表示,是自然的目瞪口呆,僵若木鸡的那一种样子,这我在陆小曼夫人当初接到徐志摩凶耗的时候曾经亲眼见到过。其次是抚棺一哭,这我在万国殡仪馆中,当日来吊的许多徐志摩的亲友之间曾经看到过。陆小曼清醒后,便坚持要去山东党家庄接徐志摩的遗体,被朋友们和家里人死命劝住了。最后决定派徐志摩的儿子徐积锴(张幼仪所生)去山东接回。”

郁达夫之妻王映霞描述当时的情形:“下午,我换上素色的旗袍,与郁达夫一起去看望陆小曼,陆小曼穿一身黑色的丧服,头上包了一方黑纱,十分疲劳,万分悲伤地半躺在长沙发上。见到我们,挥挥右手,就算是招呼了,我们也没有什么话好说,在这场合,说什么安慰的话都是徒劳的。沉默,一阵长时间的沉默。陆小曼蓬头散发,大概连脸都没有洗,似乎一下老了好几个年头。”

数日前徐志摩决绝离家，是因了她的一封信，那份气苦伤心，陆小曼和陆母都亲见。是以次日上午陆小曼赶紧给志摩写道歉信：

“我没有再说话权了！我忍心么？我爱！你是不会怨我的亦绝不骂我的，我知道的！可是我自己明白了自己的错比你骂我还难受呢！我现在已经拿回那封信了，你饶我吧！忘记了那封被一时情感激出来的满无诚意的信吧！实在是因为我那天晚上叫娘骂得我心灰意懒的，仿佛我那时间犯了多大的罪似的，恨不能在上帝前洗了我的罪立刻死去。现在我再亦不会写那样的信给你了，就算是你疑我也不怨你，不过摩呀我的心！你非信我爱你的诚心，你要我用笔形容出来，是十支笔都写不出来的。摩呀！你要是亦疑心我或是想我是个 Coquette（意为卖弄风情的女人），那我真是连死都没有清白的路了。摩呀！今天先生这些话使我心痛得厉害，咳！难道说我这几个朋友还疑心我，还看不起我么？可是我近来自己亦好怕我自己，我不知先的活了，有时我竟觉得我心冷得如灰一样，对于无论何事都没有希望，只想每天胡乱地过去，精乏力尽后倒床就睡。我前年的样子又慢慢地回来了，我自己的本性又渐渐地躲起来了，他人所见的我——不是我本来的我了。摩呀，我本来的我恐怕只有你一人能得享受，或是永不再见人。”

只可惜，徐志摩再也读不到了。

1931年12月6日，上海公祭徐志摩，一代才子极尽哀荣，大厅里人涌如潮，挽联满壁，花圈蜿蜒。陆小曼抚棺一哭，却没有什么人来扶劝。作为徐志摩的遗孀，徐志摩的朋友对她不能原谅。她的世界是苦的水，泪的河，河里水里有“铁棘藜”。

回头才觉不是岸

陆小曼没有未卜先知的能力，如果她知道徐志摩会因为她而早赴天国，她一定会改变自己的生活，努力成为爱人心中所期望的样子。

可是，世间从无回头路可走，而徐志摩也真真切切地离去。《哭摩》中，她一声声真诚的表白，便是她明白了自己是如何地辜负了徐志摩的良苦用心。

> 我深信世界上怕没有可以描写得出我现在心中如何悲痛的一支笔。不要说我自己这支轻易也不能动的一支。可是除此我更无可以泄我满怀伤怨的心的机会了，我希望摩的灵魂也来帮我一帮。苍天给我这一霹雳直打得我满身麻

木得连哭都哭不出，浑身只是一阵阵的麻木。几日的昏沉直到今天才醒过来知道你是真的与我永别了。摩！慢说是你，就怕是苍天也不能知道我现在心中是如何的疼痛，如何的悲伤！从前听人说起“心痛”我老笑他们虚伪，我想人的心怎会觉得痛，这不过说说好听而已，谁知道我今天才真的尝着这一阵阵心中绞痛似的味儿了，你知道么？曾记得当初我只要稍有不适即有你声声地在旁慰问了。摩，你是不是真的忍心永远的抛弃我了么？你从前不是说你是最后的呼吸也须要连在一起才不负你我相爱之情么？你为什么不早些告诉你是要飞去呢？直到如今我还是不信你真的是飞了，我还是在这儿天天盼望着你回来陪我呢，你快点将未了的事情办一下，来同我一同到云外去优游去吧，你不要一个人在外逍遥，忘记了闺中还有我等着呢？

这不是做梦么，生龙活虎似的你倒先我而去，留着一个病恹恹的我单独与这满是荆棘的前途来奋斗。志摩，这不是太惨了么？我还留恋些什么？可是回头看看我那苍苍白发的老娘，我不由一阵阵只是心酸，也不敢再羡你的清闲爱你的优游了，我再那有这勇气，去看她这个垂死的人而与你双双飞进这云天里去围绕着灿烂的明星跳跃，忘却人间有忧愁有痛苦像只没有牵挂的梅花鸟。这类的清福怕我还没有缘去享受！我知道我在尘世间的罪还未满，尚有许多的痛苦与罪孽还等着我去忍受呢。我现在唯一的希望是你倘能在一个深沉的黑夜里，静静凄凄的放轻了脚步走到我枕边给我些无声的私语让我在梦魂中知道你！我的大大是回家来探望你那忘不了你的爱着了，那时间，我决不张皇！你不要慌，没人会来惊扰我们的。多少你总得让我再见一见你那可爱的脸我才有勇气往下过这寂寞的岁月，你来罢，摩！我在等着你呢。

事到如今我一些也不怨，怨谁好？恨谁好？你我五年的相聚只是幻影，不怪你忍心去，只怪我无福留，我是太薄命了，十年来受尽千般的精神痛苦，万样的心灵摧残，直将我这颗心打得破碎得不可收拾，到今天才真变了死灰的了，也再不会发出怎样的光彩了。好在人生的刺激与柔情我也曾尝味，我也曾容忍过了。现在又受到了人生最可怕的死别。不死也不免是朵憔萎的花瓣再见不着阳光晒也不见甘露漫了。从此我再不能知道世间有我的笑声了。

经过了许多的波折与艰难才达到了结合的日子，你我那时快乐直忘记了天有多高地有多厚，也忘记了世界上有忧愁二字，快活的日子过得与飞一般的快，谁知道不久我们又走进忧城。病魔不断地来缠着我，它带着一切的烦恼，许多的痛苦，那时间我身体上受到不可言语的沉痛，你精神上也无端的沉入忧闷，我知道你见我病身呻吟，转侧床第，你心坎里有说不出的怜惜，满肠中有无限的伤感，你虽曾慰我，我无从使你再有安逸的日子。摩，你为我荒废了你的诗意，失却了你的文兴，受着一般人的笑骂，我也只是在旁默然自恨，再没有法子使你像从前的欢笑。谁知你不顾一切的还是成天安慰我，叫我不要因为生些病就看得前途只是黑暗，有你永远在我身边不要再怕一切无味闲论。我就听着你静心平气的养，只盼着天可怜我们几年的奋斗，给我们一个安逸的将来，谁知道如今一切都是幻影，我们的梦再也不能实现了，早知有今日何必当初你用尽心血的将我抚养呢？让我前年病死了，不是痛快得多么？你常说天无绝人之路，守着好了，那知天竟绝人如此，哪里还有我平坦着走的道儿？这不是命么？还说甚么？摩，不是我到今天还在怨你，你爱我，你不该轻身，我为你坐飞机，吵闹不知几次，你还是忘了我的一切的叮咛，瞒着我独自飞上天去了。

完了，完了，从此我再听不到你那叽咕小语了，我心里的悲痛你知道么？我的破碎的心留着你来补呢，你知道么？唉，你的灵魂也有时归来见我么？那天晚上我在朦胧中见着你往我身边跑，只是一霎眼就不见了，等我跳着、叫着你。也再不见一些模糊的影子了。咳，你叫我从此怎样度此孤单的日月呢？真是叫天天不应，叫地地不响，苍天因何给我这样残酷的刑罚呢！从此我再不信有天道，有人心，我恨这世界，我恨天，恨地，我一切都恨。我恨他们为什么抢了我的你去，生生地将我们两颗碰在一起的心离了开去，从此叫我无处去摸我那一半热血未干的心。你看，我这一半还是不断流着鲜红的血，流得满身只成了个血人。这伤痕除了那一半的心血来补，还有什么法子叫她不滴滴的直流呢？痛死了有谁知道？终有一天流完了血自己就枯萎了。若是有时候你清风一阵的吹回来见着我成天为你滴血的一颗心，不知道又要如何的怜惜如何的张皇呢。

我知道你又看着两个小猫似眼珠儿乱叫乱叫着。我希望你叫高声些，让我好听得见，你知道我现在只是一阵阵糊涂，有时人家大声地叫着我，我还是东张西望不知道声音是何处来的呢。大大，若是我正在接近着梦边，你也不要怕扰了我梦魂像平常似的不敢惊动我，你知道我再不会骂你了，就是你扰我从此不睡，我也不敢再怨了，因为我只要再能得到你一次的扰，我就可以责问他们因何骗我说你不再回来，让他们看看我的摩还是丢不了我，乖乖地又回来陪伴着我了，这一回我可一定紧紧的搂抱你再不能叫你飞出我的怀抱了。天呀！可怜我，再让你回来一次吧！我没有得罪你，为什么罚我呢？摩！我这儿叫你呢，我喉咙里叫得直要冒血了，你难道还没有听见么？直叫到铁树开花，枯木发声，我还是忍心着等，你一天不回来，我一天地叫，等着我哪天没有了气我才甘心的丢开这唯一的希望。

你这一走不单是碎了我的心，也收了不少朋友伤感的痛泪。这一下真使人们感觉到人世的可怕，世道的险恶，没有多少日子竟会将一个最纯白最天真不可多见的人收了去，与人世永诀。在你也许到了天堂，在那儿还一样过你的欢乐的日子，可是你将我从此就断送了。你以前不是说要我清风似的常在你的左右么？好，现在倒是你先化着一阵清风飞去天边了，我盼你有时也吹回来帮着我做些未了的事情，只要你有耐心的话，最好是等着我将人世的事办完了同着你一同化风飞去，让朋友们永远只听见我们的风声而不见我们的人影，在黑暗里我们好永远逍遥自在的飞舞。

我真不明白你我在佛经上是怎样一种因果，既有缘相聚又因何中途分散，难道说这也有一定的定数么？记得我在北平的时候，那时还没有认识你，我是成天地过着那忍泪假笑的生活。我对人老含着一片至诚纯白的心而结果反遭不少人的讥诮，竟可以说没有一个人能明白我，能看透我的。一个人遭着不可言语的痛苦，当然地不由生出厌世之心，所以我一天天地只是藏起了我的真实的心而拿一个虚伪的心来对付这混浊的社会，也不再希望有人来能真直的认识我明白我，甘心愿意从此自相摧残的快快了此残生，谁知道就在那时候会遇见了你，真如同在黑暗里见着了一线光明，遂死的人又兑了一口气，生命从此转了一个方向。摩摩，你的明白我，真算是透彻极了，你好像是成天钻在我的心房里似的，直到现在还只是你一个人是真还懂得我的。我记得我每遭人辱骂的时候你老是百般地安慰我，使我不得不对你生出一种不可言喻的感觉。我老说，有你，我还怕谁骂，；人也常说，只要我明白你，你的人是我一个人的，你又为甚么要去顾虑别人的批评呢？所以我哪怕成天受着病魔的缠绕再也不敢有所怨恨的了。我只是对你满心的歉意，因为我们理想中的生活全被我的病魔来打破，连累着你成天也过那愁闷的日子。可是两年来我从来未见你有一些怨恨，也不见你因此对我稍有冷淡之意。也难怪文伯要说，你对我的爱是 Come and true 的了，我只怨我真是无以对你，这，我只好报之于将来了。

我现在不顾一切往着这满是荆棘的道路上走去，去寻一点真实的发展，你不是常怨我跟你几年没有受着一些你的诗意的陶熔么？我也实在惭愧，真也辜负你一片至诚的心了，我本来一百个放心，以为有你永久在我身边，还怕将来没有一个成功么？谁知现在我只得独自奋斗，再不能得你一些相助了，可是我若能单独撞出一条光明的大路也不负你爱我的心了，愿你的灵魂在冥冥中给我一点勇气，让我在这生命的道上不感受到孤立的恐慌。我现在很决心地答应你从此再不张着眼睛做梦躺在床上乱讲，病魔也得最后与它决斗一下，不是它生便是我倒，我一定做一个你一向希望我所能成的一种人，我决心做人，我决心做一点认真的事业，虽然我头顶只见乌云，地下满是黑影，可是我还记得你常说"受苦的人没有悲观的权利"，一个人决不能让悲观的慢性病侵蚀人的精神，同厌世的恶质染黑人的血液。我此后决不再病（你非暗中保护不可）我只叫我的心从此麻木，不再问世界有恋情，人们有欢娱，我早打发我的心，我的灵魂去追随你的左右像一朵水莲花拥扶着你往白云深处去缭绕，决不回头偷看尘间的作为，留下我的躯壳同生命来奋斗，等到战胜的那一天，我盼你带着悠悠的乐声从一团彩云里脚踏莲花瓣来接我同去永久相守，过吾们理想中的岁月。

一转眼，你已经离开了我一个月了，在这段时间我也不知道是怎样过来的，朋友们跑来安慰我，我也不知道是说什么好，虽然决心不生病，谁知一直到现在它也没有离开过我一天，摩摩，我虽然下了天大的决心，想与你争一口气，可是叫我怎生受得了每天每时悲念你时的一阵阵心肺的绞痛，到现在有时想哭眼泪干得流不出一点，要叫，喉中疼得发不出声，虽然他们成天地逼我一碗碗的苦水，也难以补得了我心头的悲痛，怕的是我恹恹的病体再受不了那岁月的摧残，我的爱，你叫我怎样忍受没有你在我身边的孤单。你那幽默的灵魂为什么这些日子也不给我一些声响？我晚间有时也叫了他们走走开，房间不让有一点声音，盼你在人静时给我一些声响，叫我知道你的灵魂是常常绕着我，也好叫我在茫茫前途感觉到一点生趣，不然怕死也难以支持下去了。摩！大大！求你显一显灵吧，你难道忍心真的从此不再同我说一句话了么？不要这样的苛酷了吧！你看，我这孤单得人影从此怎样的去撞这艰难的世界？难道你看了不心痛么？你爱我的心还存在么？你为什么不响？大！你真的不响了么？

这一篇“呕心沥血”般的“耒文”，是陆小曼在徐志摩去世之后的有感而发，通过文字讲述她心中从未说过的话，对这无声的世界进行了宣泄，可谓感天动地。是忏悔还是思念？是悼念还是怨恨？然而斯人已逝，为时晚矣。

徐志摩临走前的玩笑话，看似戏剧的“诅咒”，却成为他最后的归宿，一语成谶般的将所有“预言”全部变为现实，让亲友无不扼腕。

是上天的怜悯诗人的境况要带走他，还是嫉妒了诗人的才华让其为天堂继续服务？无论答案结果是什么，徐志摩就这样在天空白云的陪伴下离开了世间。从此，“志摩诗集人间无，文章才华辰星看”。

也许是诗人累了，宿命的选择让他在一场飞机事故中写完了人生最后一首再不能阅读的绝命诗。他们的爱情，虽然短暂却又完整，欢喜与悲哀同在，浪漫与曲折同存。他们的爱轰轰烈烈，冲破了传统礼俗，成就了真正勇敢的自由之爱。

时过境迁，如今的徐志摩与陆小曼的故冢上，早已荒蒿满目，黄花堆积。幸得他们还有一场爱情是留存在了这个人世间，在坊尾巷头中耳鬓厮磨，世人把徐志摩的死归结与陆小曼。殊不知在他们的这场爱恋中，原本就无对错可言。

如果一定要给这场爱情未完的结局找个说法，或者只能说是徐志摩用尽自已最后的“力量”希望陆小曼的振作和迷途知返，同时也为自己唱响了最后的挽歌。这“歇斯底里”样的“呐喊”能为陆小曼带来多大的震撼，想必只有当事人才能体会。

这场“轰轰烈烈”的爱情就在空难的影响下，画上了不完美的“句号”。从此你是天空“魂”，我是人间“客”，只羡鸳鸯不羡仙了。

人为什么总是到失去才懂得了“珍惜”二字的分量，难道只有饱受切肤之痛才能有所醒悟吗？如果是这样，这个代价实在太大、太沉重，如果可以重来一次，或许陆小曼会强力挽留住爱人匆匆的脚，如此，悲剧不会上演。

未曾远去的逝者

徐志摩撞山，随身携带的陆小曼的画作，一幅山水长卷因装在铁盒子里，奇迹般地保存下来。此后半生，陆小曼精心保存以此睹画思人。陆小曼家里有一块玻璃板，下面压着的纸张上写着一句诗“天长地久有时尽，此恨绵绵无绝期”。同时压在下面的还有一张志摩的便装照片，照片上的徐志摩风流倜傥地躺在草地上，手拿着一支香烟。

“天长地久有时尽，此恨绵绵无绝期。”此诗来自于白居易的《长恨歌》，内容描述的是唐明皇在经历了安史之乱后亲手杀死了爱妃杨玉环的绵绵遗恨。想不到的是，千年之后的陆小曼读到此处，也心有所悟感同身受，自然也明白唐明皇被逼赐死贵妃，独自回銮的那份孤独、沉寂的心意。至于《长恨歌》的恨到底有多长，想来她也能深刻理解了——“夕殿萤飞思悄然，孤灯挑尽未成眠。迟迟钟鼓初长夜，耿耿星河欲曙天。”

日子还要过，然而一分分一秒秒地硬挨下去，这每分每秒都是碎剐凌迟。死么？又不敢，陆小曼的父亲已于一年前去世，她自己若再死了，母亲老来丧夫丧女，必定没有办法继续生活。不死？丧夫之痛堪比死，更“哪堪风刀霜剑严相逼”，再者徐志摩离世后她所受的千夫所指，更让她槁木死灰没有了斗志。倒是冰心看不过，替她在文章里说过一句公道话：“谈到女人，竟是‘女人误他’这也很难说？志摩是蝴蝶，而不是蜜蜂，女人的好处就得不着，女人的坏处就使他牺牲了。”

1932 年，海宁硖石召开徐志摩追悼会，徐申如不让陆小曼参加，陆小曼只能奉一副挽联：

多少前尘成噩梦，五载哀欢，匆匆永诀，天道复奚论，欲死未能因母老；

万千别恨向谁言，一身愁病，渺渺离魂，人间应不久，遗文编就答君心。

1933 年清明，陆小曼独自到硖石给徐志摩上坟，这也是她最后一次到硖石。她与徐志摩在硖石的婚房也不能再去，徐家把房产收回。回来后，她做了一首诗：

肠断人琴感未消，此心久已寄云峤。

年来更识荒寒味，写到湖山总寂寥。

大浪过去，水面恢复平静，一派冬日天阴的萧瑟。恐怕她此生以前从未体味到什么叫荒寒，什么叫寂寥。而荒寒与寂寥，又是多么教人心颤。

人间路最难的修行是人与人，人与人最难的修行是自己最亲近的人。孔子讲唯女子与小人难养，近之不逊远则怨，其实男人也是一样。陆小曼对着徐志摩时娇厉乖张，如今徐志摩对她一鼓作气远之又远，她就不再是怨，而是无尽的悔痛与思念。

柴静在《日暮乡关何处是》里写一群人夜来聚会，一个矮胖子吹箫："有人'扑'把烛火吹熄，黑着灯，只有远远一点微光，荒村野街，远处有女子鞋跟在青石板上走的声音。他起声非常低，曲调简单，几乎就只是口唇的气息，也像是远处大风的喘息……""日暮乡关何处是"，这是来源于崔颢的著名七律诗《黄鹤楼》的其中一句诗句，他们异曲同工的都在描述了人去楼空之后的一种寂寥、一种孤独、一种愁绪。

离去的人未必会知道，生者对于其思念会嫁接给一楼一江一河，他们有天也许会塌会干会流，只有"思念"却从未停止。

逝者也许就在这从未停止的"思念"中得到永生，而生者却要永不间歇。

只有生者会在流浪中逐渐老去，而死者们啊，你们永远、永远年轻。

第七卷

淡了广袖流云

他的死成全了她的生

徐志摩去世后，陈定山先生在《春申旧闻》中说：“志摩去世后，她素服终身，从不见她去游宴场所一次。”王映霞也回忆说：“他飞升以来，小曼素服终身，我从未见到她穿过一袭有红色的旗袍，而且闭门不出，谢绝一切比较阔气的宾客，也没有到舞厅去跳过一次舞……在她的卧室里悬挂着徐志摩的大幅遗像，每隔几天，她总要买一束鲜花送给他。”陆小曼也曾对王映霞说：“艳美的鲜花是志摩的，他是永远不会凋谢的，所以我不让鲜花有枯萎的一天。”

陆小曼专门怄那爱她的人。那个人不在了，她就安静下来了，就像个孩子。

没有奴颜，没有卑微，只有真性情，这就是陆小曼。出水芙蓉不带任何修饰，天然的纯美。那是一片碧波荡漾的湖面，平静中带有些许悸动，就是这样一个张扬且内敛的女性，在徐志摩死后呈现了一个女性另一面的光辉。她把一个女人所有的特性发挥得淋漓尽致，斯人远去，她铅华洗净，甘愿淡泊，绝迹曾经留下旖旎风光的地方，消失在人们的视线里。“万千别恨向谁言，一身愁病，渺渺离魂，人间应不久，遗文编就答君心。”

2000年，由徐志摩、陆小曼合作编写的话剧《卞昆冈》终于在上海首次公演。这是一部诗歌话剧，不少台词单独欣赏就是一首诗。剧本唯美，连一个肉铺老板的语言都充满了文气。剧情发展和推进不是高潮迭起，所以显得有些冷清。不过观众并不过于计较，他们只是透过这出话剧，静静“欣赏”徐志摩和陆小曼。

说到这部话剧的由来，还要追溯到1928年，大约三四月之间，徐志摩拉着陆小曼一起把《卞昆冈》的剧本创作出来。这是徐志摩与陆小曼唯一合作的一部作品，也是徐志摩唯一创作的一部剧本，更是他与陆小曼热恋时的产物。剧本基本上是两个人共同构思、思维碰撞，一个人执笔写作——写作这活儿还是徐志摩来干，陆小曼手懒得很。不过剧本的结构是陆小曼想出来的点子，这是她的贡献。说实话，这出话剧不算是十分成功，毕竟话剧是西方的一种表演形式，虽然填上中国式的“馅儿”，总归表达起来不那么合契，仿佛就像中国的小脚女人穿了外国人的西装不合身。不过这也算是徐志摩为了唤醒陆小曼的才能所做的一种努力。

此后，陆小曼又翻译过意大利的戏剧《海市蜃楼》，也是在徐志摩的敦促之下。

徐志摩到出事的那天都在心心想着要教爱妻做自己的同路人，他哄着、劝着、骗着、半真半假地逼着，也要陆小曼拿起笔来写作。徐志摩出版诗集，想陆小曼给他写几句话为序，却从来没有成事过。

在《云游》中陆小曼这样的回忆到："志摩不知逼我几次，要我同他写一点序，有两回他将笔墨都预备好，只叫随便涂几个字，可是我老是写不到几行，不是头晕即是心跳，只好对着他发愣，抬头望着他的嘴盼他吐出圣旨来我即可以立时的停笔。那时间他也只得笑着对我说：'好了，好了，太太我真拿你没有办法，去耽着吧！回头又要头痛了。'走过来掷去了我的笔，扶了我就此耽下了，再也不想接续下去。我只能默默然的无以相对，他也只得对我干笑，几次的张罗结果终成泡影。"

陆小曼自幼习学书画，婚后，徐志摩教她拜山水画家贺天健为师，且与老师对小曼约法三章：老师上门，杂事丢开；专心学画，学要所成；每课八十大洋，中途不得辍学。每课八十大洋的代价，徐志摩这工薪阶层可谓不惜血本。

陆小曼师从贺天健学画是 1930 年，1931 年春即画得一山水长卷，徐志摩特地带到北京请名家大师题字。胡适写道："画山要看山，画马要看马，闭门造云岚，终算不得画。小曼聪明人，莫走这条路。拼得死工夫，自成其意趣。小曼学画不久，就作这山水大幅，功力可不小！我是不懂画的，但我对于这一道却有一点很固执的意见，写成韵语，博小曼一笑。适之。二十年(1931 年）七月八日，北京。”

杨杏佛题诗：“手底忽现桃花源，胸中自有云梦泽；造化游戏成溪山，莫将耳目为桎梏。小曼作画，适之讥其闭门造车，不知天下事物，皆出意匠，过信经验，必为造化小儿所笑也。质之适之，小曼、志摩以为如何？二十年七月二十五日，杨铨。”

贺天健题绝句于其上：“东坡论画鄙形似，懒瓒云山写意多；摘得骊龙颔下物，何须粉本拓山阿。辛未（一九三一）年中秋后八日。天健。”

……

如果陆小曼此时仍是游戏笔墨，及至徐志摩触山而亡，她反倒痛下决心，认真画画，甚至还有外省人慕名来买——徐志摩没有成全她，徐志摩的死成全了她。

命运有的时候就是这般不近人情，恰如残酷的辩证法。

人常说近处没有风景，因为走进了风景就会有视觉的局限性。也有人说近处也没有佛陀，因为佛陀身边生活的人，会把佛陀的一切看得清清透透，自然就对他失了敬意，连带对他的说法也不相信。我说近处更没有诗人，因为和诗人最亲近的人，是不看诗人创作的那些伟大的诗篇的，那层光环已经被熟悉给揉擦掉了。

陆小曼对徐志摩就是这样，所以徐志摩还活着的时候，陆小曼基本上是不看他的诗，偶尔看一点也不会夸，倒是有时还要刻薄几句。甚至就连徐志摩的散文，也要经陆小曼的法眼，她若是说“这篇不大好”，徐志摩就不拿去发表。徐志摩对陆小曼的“刻薄”是欢迎的，他并不傻，晓得在外面听到的多是赞美的话，恭维的话。所以他说：“我非但不怪你，还爱你能时常的鞭策，我不要容我有半点的‘臭美’，因为只有你肯说实话，别人老是一味恭维。”也许因为这样，徐志摩留给后人的诗篇和文章见证了他作为诗人的伟大和才华。

每当伏案作文之时，徐志摩总不爱用自己的书桌，而是要用陆小曼又小又乱的书桌，还说那里有灵感。陆小曼天生不会做家事，小小的书桌不晓得怎么搞得，被她随手一丢，随便一放，即使被整理得清清爽爽，一会儿也会弄得乱七八糟，偏偏徐志摩的怪癖是爱在闹市与凌乱书桌写作。可惜的是他写完撂下去睡觉，常常不予整理，及至次日早晨他才发现早已被佣人当废纸收走了，或是被陆小曼随手拿来当废纸擦东西了。对于文章的丢失，诗人气质的徐志摩倒也大方，也不十分上心，找不到也就找不到，也许日后可以有更好的发挥。当然这就是诗人气质的绝佳体现。谁让才气是他最大的法宝呢。

如今大家看到的徐志摩的诗集，很多都是他当时送于陆小曼的。1927 年 8 月，徐志摩出版新书《巴黎的鳞爪》，序言就是写给小曼的，名为《你是我字业上的诤友》；9 月出的诗集《翡冷翠的一夜》，没有序言，代序的是《给小曼》：“如其送礼不放过期到一年的话，陆小曼，请你收受这一集诗，算是纪念我俩结婚的一份小礼。”他也只能以这样的方式来把陆小曼拉进自己的文字王国，拉近与妻子之间的距离，若依照他的原意，本来是想要请陆小曼替自己的新书作序的，可是软求半天，塞笔在她手里，她怔上半天，脑子里空空如也，徐志摩只好苦笑着拿掉她手里的笔，送她去睡觉。

故事总会向着戏剧化的形式发展，徐志摩身故后，陆小曼也许因为被满腔愁思逼迫开始提笔抒怀，《哭摩》是她散文创作的顶点。文章里的悔与痛饱满得像吃饱眼泪的海绵，在纸上淋淋漓漓，滴滴点点。此后她也创作了一些篇章，也是非到逼不得已不肯动笔，一旦动笔，满纸风云。读她的文章，不必鉴赏篇章的谋划或是字句的锤炼，却倒可以窥视在那个大时代的一个大体的印象。这和她的广闻博识分不开，出身文化之家的她，自来的有种大气象。

陆小曼的诗写得，怎么说呢，旧体比新体好。她本来就是一个半新不旧的时代走出来的人，若论旧，比不过张幼仪；若论新，又新不过林徽因，可是中国传统文化的“熏蒸”让她自来的散发着仕女的风韵。她给徐志摩写的挽联婉约深情，在徐志摩上坟回来后，写的绝句也忧郁沉静。相反，她的新诗就有些小脚穿大鞋的味道，透露着一点声嘶力竭的狰狞：

一声声的狂吼从东北里
带来了一阵残酷的秋风，
狮虎似的扫荡得
枝头上半枯残枝
飘落在蔓草上乱打转儿，

浪花似的卷着往前直跑
你看——它们好像已经有了目标！
它们穿过了鲜红的枫林：
看枫叶躲在枝头飘摇，
好像夸耀它们的逍遥？
可是不，你看我偏不眼热！
那暂时栖身，片刻的停留；
但等西北风到，它们
不是跟我一样的遭殃，
同样的飘荡？不，不，
我还是去寻我的方向。
它们穿过了乱草与枯枝，
凌乱的砾石也挡不了道儿；
碧水似的秋月放出了
灿烂的光辉，像一盏
琉璃的明灯照着它们，
去寻——寻它们的目标。
那一流绿沉沉的清溪，
在那边等着它们去洗涤
满身沾染着的污泥；
再送到那浪涛的大海里，
永远享受那光明的清辉。

（《秋叶》陆小曼）

陆小曼还写过小说。1947 年，她的短篇小说《皇家饭店》

发表。小说走的是现实主义的路子，其实无关走的是什么路子的问题，她只不过从自己的生涯里截一小段片断，就够人瞧。故事讲述了小说主角王婉贞为给孩子治病，到皇家饭店打工，见识到形形色色的人：戏子、阔太、舞女、皮条客、女学生。这些人物迷离旋转，进进退退，像走马灯。那曾经围绕着她的纸醉金迷早成过眼烟云，如今却被她搬到纸上，以局外人的身份冷眼旁观。小说结尾，婉贞的孩子病重，婉贞本来急痛的心却忽然地放了轻松，就像负着重物走路的旅人，把重物要放在地上。她想：即使孩子被病魔夺走生命，自己也不能堕入火坑，过那种不愿意过的生活。

赵清阁评曰："……揭露了孤岛时期上海妇女的悲惨命运，怒斥了敌伪社会的罪恶黑暗，反映了她正义的思想心态。我深深为她这样素质未泯，出淤泥而不染感到高兴。"

故事中的主人公看上去很自私，对不对？如果说故事的主人公就是陆小曼本人的话，想必所有人都情愿看到这样的一个陆小曼，也不愿意看到一个为了孩子、为了老人、为了家庭忍辱偷生的女人。

徐志摩亡后两年，陆小曼一直封存着他的文字，不敢看。徐志摩好比一个诗神，他撞山，好像整个诗歌界都冷落下来，缺少了温度。为了救市，陆小曼提笔写了《秋叶》，发表在《南风》。她决意重抄徐志摩的日记，结果三千字抄了三天。一个个的字在跳，跳得她手足发软，头冒虚汗。身体的极度不适让她挣扎"不成、不行、躺下罢……"于是就这样一躺就是多半一天。

晚年，陆小曼与王亦令合作翻译《泰戈尔短篇小说集》，还译了艾米丽·勃朗特的自传体小说《艾格妮丝·格雷》，并编写通俗故事《西门豹治河》。

编就遗文答君心

徐志摩的过世对于陆小曼而言除了精神上的巨大包袱和沉痛思念外，她更多的是努力让自己成为徐志摩生前期待的样子。她开始积极的创作，其中一个很大的功劳，是她整理编辑了徐志摩的文集。天知道她是在怎样的心情下整理爱人留下的文字，仅是想想这件事也很可怕。世上花开过便开过了，残瓣也随泥土化了，风过了也便过了，水流了也便流了。唯有人留有文字，一个人死掉了，他的文字不肯死，被人挖来挖去，争来争去，研究来研究去，好暴露出那些藏在文字里的事。我宁愿死便是真死，不要人去挖文稿或日记——有的人惯于笔下阳光普照，不写“月黑风高”，那是因为“月黑风高”都在日记里。

当时光华大学的学生赵家璧在良友印刷厂兼职做编辑，找到陆小曼，要一张徐志摩的照片，放在徐志摩的遗作《秋》的扉页上。陆小曼希望赵家璧同自己一道整理手边有关徐志摩的遗稿、日记、书信。

于是她就以徐志摩未亡之人的身份，向徐志摩的朋友们征求他们手上留存的徐志摩的文字，只有刘海粟、蒋慰堂、郭有守、郭子通把徐志摩的信交给她。其他的人根本就不予理会，时隔一年，对于徐志摩的死，他们还在怪她。陆小曼没办法只能自我安慰："即使应当交出信函的许多老友都不来（主要指胡适和北方的朋友），我自己收藏的部分也为数不少，凑成一卷没有问题，虽然其中有些信，我实在不愿公开发表。另外有一部分志摩从国外寄回来的信，如能译成中文，也可凑出二三十封。"

陆小曼知道徐志摩留存凌叔华处的"八宝箱"，于是给胡适写信索求，刚开始她的信仍用徐志摩的未亡人的口气：

"志摩还有信、日记在京请你带下，不要随便予人看，等我看过再发表，我想他的信、日记，以后由我自己编（他的一切信件与日记都在平，盼带来）三个月内一定可以有两本出版，亦望你好好地帮我修改一下，洵美之意也是愿意他的东西一起由我自编，最好你能早来上海多待些日子，我们大家一起努力地做一下，我还想通知各好友处，如他的信愿意发表的，也寄给我，他的诗和散文如有，我看请你同他编一下，因为我一人怕来不及，我还想写一本我所知道的志摩，不过我近年于学识是荒废的可怕，我日内即好好地用一下死功，我也可借此将我的心用在别的上，不然我想怕半年也活不了……”

没有想到的是，陆小曼被拒绝了。就在她写信的前两天胡适已从凌叔华处将“八宝箱”交于了林徽因。

信的内容固然动人，然而她没有表现出与其心愿相符的能力。这么几年，她给大家看到的，只是颓废与奢靡，任性与荒唐。所以胡适给她的回信中，只说凭她一人之力，恐怕编不出像样的书。

她又继续书写给胡适，这一次态度和身段越放越低：

“……他的全部著作当然不能由我一人编，一个没有经验的我，也不敢负此重责，不过他的信同日记我想由我编（他的一切信件同我给他的日记都在北平，盼带来。）……还有他别的遗文等也盼你先给我看过再付印。我们的日记更盼不要随便给人家看。千万别忘。”

“林先生前天去北平，我托了他许多事情，件件要你帮帮忙。日记千万叫他带回来，那是我现在最宝爱的一件东西，离开了已有半年多，实在是天天想它了，请无论抄了没有先带了来再说。文伯说叔华等因徐志摩的日记闹得大家无趣，我因此很不放心我那一本。你为何老不带回我，岂也有别种原因么？这一次求你一定赏还了我吧，让我夜静时也好看看，见字如见人。也好自己骗骗自己。你不要再使我失望了。”

这一次的诚恳总算求回徐志摩有关两本和自己有关的日记，

而至于别的书信日记等，从此与她无缘。

没办法，有一个词叫“自食其果”，实在不愿意拿来“奚落”陆小曼，可是照这情形来看，除了这个词没有更合适的词了。

据说，陆小曼万难的时候做过一个梦，梦里徐志摩拍陆小曼的背说：“我真感激你，你这样辛苦地为我编全集，可是这不是一件简单的事，你不必太热心了，尤其不能抱过大的希望。”陆小曼问为什么，徐志摩笑答：“人在世情在，人亡世情亡。全集的材料不全，你必须求朋友帮忙，这就会使你失望。我可以告诉你：日记一部分需要三年工夫，小说有一本永远没有办法；再加上其他种种原因，恐怕九年以后才能成功，不信你瞧着吧！”

九年，可是不用等那么久啊，若一切顺利，1936 年的下半年，良友图书公司就可以将志摩的书付梓。

可事实上，这个世界上的事情，真是讲不清。

陆小曼将徐志摩的文稿整理就绪后给胡适去信请他作序，不久胡适找到陆小曼，说商务出版社（现商务印务馆）愿意预支版税 2000 元，且商务出版社又是影响力较大的出版社，于是陆小曼和商务出版社就这样签了约。这个事件使赵家璧和良友公司格外的生气，毕竟在这之前他们都已经是定下合作意向的。当时陆小曼的生活也确实困难，这 2000 元于今对她而言绝对不是小数字。

赵家璧生气，去找胡适讲道理，胡适为了安抚之，把自己的作品《南游杂忆》给了他，5万字，其实撑不起一本正常书稿的容量，但是也没有办法，木已成舟。为了补偿赵家璧和良友公司，1936年徐志摩去世五周年之际，陆小曼在良友公司出版了《爱眉小札》，收录的是徐志摩与陆小曼热恋时的书信日记。

其实，胡适提议将徐志摩的遗稿交由商务出版社，这其中也有自己的考量，他觉得赵家璧是一个年轻编辑，新月派诗人的全集，怎么可以全权交由他来编辑；而且鲁迅、茅盾等左翼作家的书都在那里出版，他也不愿意同他们伙在一起。商务印书馆倒是好的，名气也大，底子也壮，要不然也不会一气预付2000大洋的稿费。

本以为故事会按照设定好的路线继续走下去，谁知道徐志摩的文字就此踏上一条茫茫路，险些不归。

1937年抗日战争爆发，一切都乱了章法，商务图书馆也乱着要迁址，一切稿件都被胡乱摆放，至此徐志摩的文稿也不知道去了哪里。陆小曼叫天不应，叫地不灵，整理亡夫遗作是她这段时日最主要的精神寄托，如今却连这点念想也保不住了。她说："我怀着一颗沉重的心回到家里，前途一片渺茫，志摩的全集的初度投入了厄运，我的心情也从此浸入了忧愁中。除了与病魔为伴，就是整天在烟云中过着暗灰色的生活。"

抗战结束，陆小曼再去上海商务印书馆打听出书的事，竟是文稿都已遗失。陆小曼悔痛无及。

1947年，徐志摩的朋友朱经农担任商务印书馆经理，经过多方整理打探后告诉陆小曼文稿现在香港。1949年新中国成立，一切更是翻天覆地，陆小曼心灰意冷，想着从此徐志摩的文稿怕是再也无处寻觅。时隔将近20年后，一切又都峰回路转，1954年小曼接到北京商务印书馆的回信，信中说《徐志摩全集》的文稿已经找到，却又因与时代潮流不合，故不能出版，稿子退回。失而复得的心情，真是笔墨无法形容。

之后又过了三年，1957年4月，有出版社请卞之琳编《志摩诗选》，问陆小曼要徐志摩的照片和手迹。陆小曼高兴极了："今天我得到了诗选出版的消息！不但使我狂喜，志摩的灵魂一定更感快慰，从此他可以安心地长眠于地下了。诗集能出版，慢慢地，散文、小说等，一定也可以一本本地出版了。"

事情就这样果然按陆小曼说的发展下去，1969年梁实秋在台湾编《徐志摩全集》，虽名为全集实则不全；1983年香港商务印书馆出《志摩全集》五卷本。到此，终于全了，可惜这时候的陆小曼也见不到了，她已经去世。

斯人双双逝，世间知音稀。

至于曾经的那只"八宝箱"，在经历了一番曲折后，是否依稀还记得曾有人为它打"口水官司"。

事情回到那个年代：林徽因亲自登门，到凌叔华的寓所索取八宝箱，却被婉拒，于是也求胡适帮忙。大约她也是担心，文字会落人口实。胡适对林徽因的能力自然是肯定与欣赏，于是以编辑委员会的名义写信给凌叔华，其实凌叔华本不情愿交出，因为箱内有陆小曼私人日记两本，也有徐志摩英文日记两三本，徐志摩说过不要随便给人看，他信托了自己，所以交由自己代存，并且重托过自己为他写“传记”，怎么能把这些东西随便轻付于人呢。况且陆小曼日记中常记一些是是非非，对人名也不包涵。所以她回信给胡适，请他把八宝箱交给陆小曼。此后，胡适派人把箱子取走。

但胡适从凌叔华处取走了箱子，并没有送给陆小曼，而是交了林徽因。林徽因拿走了有关她的部分日记，很多信件文稿则被胡适拿走，最后交到陆小曼手里的只是剩下的一部分。而当凌叔华发现胡适把日记交给林徽因后大为不满，写信给胡适：“前天听说此箱已落入林徽因处，很是着急，因为内有陆小曼初恋时日记两本，牵涉是非不少（骂林徽因最多），这正如从前不宜给陆小曼看一样不妥。”说到底，文章是修饰后的东西，很难说它真实不真实。而日记，记的就是琐琐碎碎，是是非非，最可以见到最本质、最真实或者最黑暗的东西，或许也是最教人尴尬处。

半个多月后，胡适又写信给凌叔华，说她私藏了徐志摩的两册英文日记。凌叔华否认这个指控，而林徽因的儿子梁从诫也说未见母亲有过这样的东西，梁思成的续弦林洙也表示从未见过这方面的东西……就这样，“八宝箱”里面的英文日记永远成了一个谜。

如今方知柴米贵

徐志摩一死，陆小曼才知柴米油盐贵。

徐志摩在时，她有一花二，有二花三，因为她知道徐志摩总归是能给她挣得来。如今徐志摩走了，她陷入恐惧，只得放下身段，求最恨自己的公公供养自己。可是徐父早和她断绝来往，无奈下只能写信求助胡适替她说情：“咳，先生！我希望你也给我些最后的相助……我以后的经济问题，全盼你同文伯二人帮助了，老太爷处如何说法，文伯也都与你说过了，我只盼你能早日来（最好王文伯未走之前），文伯说你今天来信又有不管之意，我想你一定不能如斯的忍心，你爱志摩你能忍心不管我吗？我们虽然近两年来意见有些相左，可是你我之情岂能因细小的误会而有两样么？你知道我的朋友也很少，知己更不必说，我生活上若不得安逸，我又何能静心地工作呢？这是最要紧的事，你岂能不管呢？我怕你心肠不能如斯之忍罢！当初本是你一人的大力成全我们的，我们对你的深情永不忘的，现在志摩丢下我一人，我不死也为他，不然我又有何留恋呢？我这种终日在病魔中的人本无多日偷生，我只盼你能将我一二年内的生活费好好与我安排一下，让我在这个时间将志摩与我的未了心愿做就，留下些不死的东西，不负他爱我之情与朋友盼我之意，我即去天边寻我的摩，永远地相亲相爱，那时朋辈一定不能再有怨我之处了，只是这二年内我再不能受经济的痛苦了。”

谈钱，还要搭上人情做药引：“我还有时恨你虽爱我而不能原谅我的苦衷，与外人一样的来责罚我，可是我现在不能再让你误会我下去了，等你来了可否让我细细地表一表？因为我以后在最寂寞的岁月愿有一二人，能稍微给我些精神上的安慰。”

可是胡适也怨恨她，若非她执意不肯来北京，徐志摩何至于两地奔波，终于出事？但是陆小曼没办法放弃，只好一封又一封地写信。

徐父处不同意给她生活费，她求胡适最后一次稍微替她卖一点力气；大雨欠徐志摩三百块钱，她请胡适转问大雨，请大雨年内给她；要还绸缎庄的欠款；北大给徐志摩的钱请胡适带过来“要过年没有还钱我这二个月就没有法子过”。可是这还是不够，只能四面想法，钱还是不够。新月社穷得只有几千块钱，变卖首饰一时也找不到买主，朋友穷的多，有能力救济自己的少，怎么办？怎么办？

“我想请你设法将校中二月份的钱在二号前给我寄来，最好你若有钱再给我多寄几百，我是到无法可想的时候才说此话的，向人借钱的事我是最做不来的，现在的日子是一天不如一天了，就是年过了，以后我如能过，二百五十元只够我吃药看病请先生吃烟。就算以后将以上几种都除去，也非有一半年的时候不成，叫我现在新伤未愈，病恹恹的时候，怎能立刻摆除一切呢？想起来简直是一天都度不下陆小曼的凄荒境可见一斑。”

她怨天尤人一番，最好又怨怪到徐父身上，嫌老爷子太不讲人情，他虽然失去儿子，可是还有女儿（张幼仪）相陪，可是自己没了丈夫，又没有子女，有谁来陪？信中又讲年后要立刻搬家，房子太大，住不起了。

……

就这样情哀哀，意切切，百般地放低了身段去央求，胡适终于是替她办了，亲自去见，并说通了徐老爷子，老爷子答应每月给她 300 元生活费，不过要到每月的 20 号才能凭折取钱。陆小曼嫌这样太不方便，想随时用取便取，又给胡适去信，跟着下文如何就不晓得了。想来大事已定，对于这些小节，胡适也就不会再去替她让徐父烦心了吧。

一枝攀援的“凌霄花”

有人说翁瑞午是她的蓝颜。

我觉得不对。这个定位不恰当。

所谓蓝颜，都是友达以上，恋人未满，既不会日日相伴，通常也不会发生什么太复杂的金钱来往。可是翁瑞午与陆小曼在徐志摩生前尚且日日相伴，吞云吐雾，对榻而吸，年复一年，日复一日。徐志摩不在后，陆小曼的生活先是由徐父供养，后来徐父拒绝再拿出钱来，她便由翁瑞午一直供养，而且二人最终还是睡在了一张床上。

所以，翁瑞午算是她的情人。

人都说翁瑞午坏，诱小曼入歧途，坏小曼之家庭，可是小曼若是自己不肯入歧途，别人便诱不得她入歧途；小曼若是不觉得此是歧途，不劳旁人引诱，她也便自动入彀。小曼若是与徐志摩无隙，旁人便无由坏之，若是有隙，不劳旁人破坏，小曼自己便是拆屋工。因了一己偏见，把徐志摩之死统统归咎于陆小曼固然失之公允；因了一己偏爱，把陆小曼的堕落统统归咎于翁瑞午的勾引，也是失之公允。

徐志摩爱她，爱到想要改造她；翁瑞午也爱她，却是爱她爱到想要纵容她。作为女子，你更希望被人刀削斧砍地改造，还是被温水浸泡？所以陆小曼后来离不开翁瑞午是十分合乎情理的。

其实，从某个角度来看，徐志摩倒更适合做人家的情人，喝喝咖啡，看看月亮，谈谈人生理想；翁瑞午倒更适合做人家的老公，一边嘴里喊着“我来，我来”，一边代劳妻子手上的事情，还做得满心情愿，满脸笑容。

陆小曼和徐志摩的相处模式，是互为三角和圆的形状，陆小曼的棱角把徐志摩扎得满身带伤的同时也把自己磨得满身带伤；而陆小曼和翁瑞午的相处模式，却是大圆套小圆，到处显得那么合贴、舒适。徐志摩是疾风厉雷，是天火闪电，忧郁下来又是沉沉的黑水；翁瑞午是篱落村居，是长天碧草，村里跑着牛羊鸡猪狗，草里长着红黄紫白的花。徐志摩是高的，雅的；翁瑞午是低的，俗的，可是徐志摩曲高和寡，在自己的妻子面前尚且得不到理解与应和；翁瑞午却因身段不高，行事流荡，笑话连篇，对了陆小曼的胃口，两个人一处就是几十年，不是夫妻，胜似夫妻。自然，这其中还有一个很重要的原因，就是陆小曼身体很坏，而翁瑞午可做按摩医生。

陆小曼的身体向来多病，这一点徐志摩也至为烦心。

1927年元旦，他在日记里写道："曼的身体最叫我发愁。一天24时，她没有小半天完全舒服，我没有小半天完全定心。给我勇气，给我力量，天！"更甚的是，陆小曼病中还见神见鬼，这一点在徐志摩的笔下也有反映："眉昨晚又发跳病痒病，口说大脸的四大金刚来也！真是孩子！"陆小曼也说自己："我是多愁善病的人，患有心脏病和严重的神经衰弱，一天总有小半天或大半天不舒服，不是这里痛，就是那里痒，有时竟会昏迷过去，不省人事……"

翁瑞午懂按摩，师从丁凤山。丁凤山的师傅是慈禧太后的御医李鉴臣。丁凤山来路不凡，自然翁瑞午也来路不凡。翁瑞午会所谓的"一指禅"，这个功夫不易练，据说第一年要练习点大钟，大钟摆荡，一指过去，要把力甚巨的大钟点停；第二年要练点蜡烛，一丈开外，蜡烛燃着，遥遥的一指过去，要把蜡烛点灭；第三年练点灯笼，灯笼里裹着燃着的蜡烛，一指过去，要隔着灯笼把蜡烛点灭。

说起来，翁瑞午也算是世家子弟。有人说他是翁同龢直系孙，又有人考证说其实不是，他只是同翁同龢是一脉同枝，因其父翁绶祺与翁同龢的侄孙翁顺庆为同榜举人，算是同学，也便跟着翁顺庆一起叫翁同龢爷爷。自然翁瑞午又矮一辈，翁同龢算是他的"老爷爷"。前人故事后人讲，"以讹传讹"是正常。

世家子弟是一个很奇特的群体，因其家广有资财，不为生计费心，一生所有时间，自懂事起，学的便是能玩会吃，眉高眼低，斗鸡走狗，眠花宿柳。有才的写写画画，无才的就成了轻薄荡子。翁瑞午算是有才的，会画，会唱，昆乱不挡，且受梅兰芳称赏。此外，他又师从丁凤山学医，出手撒漫，广施医药，为人称道。他与陆小曼相交，就是从为陆小曼妙手推拿开始。

彼时，徐志摩为陆小曼的病遍访名医，江小鹣便把表弟翁瑞午介绍与他们相识。

除了给陆小曼医病，翁瑞午还是陆小曼的戏场知音。当初江小鹣办名为天马会的晚会，两天的戏目，陆小曼都压轴出场，一天唱的是《贩马记》，一天唱的是《群英会》。别的节目也都是名角名戏，翁瑞午、俞振飞、袁寒云、陈定山，众星捧月，好比肥叶簇牡丹，翁瑞午唱的是《拾画叫画》。就这样，两个人因戏结缘，时常切磋唱腔身段，且同台演出《玉堂春》。那出戏里徐志摩扮了解差，押着陆小曼赴审。陆小曼对翁瑞午，一“陆”一“伍”相对，有那坏东西就写一篇《伍大姐按摩得腻友》，登在小报上，肆意下流：

“诗哲余心麻，和交际明星伍大姐的结合，人家都说他们一对新人物，两件旧家生。原来心麻未娶大姐以前，早有一位夫人，是弓叔衡的妹子，后来心麻到法国，就把她休弃。心麻的老子，却于心不忍，留那媳妇在家里，自己享用。心麻法国回来，便在交际场中，认识了伍大姐，伍大姐果然生得又娇小，又曼妙，出落得大人一般。不过她遇见心麻以前，早已和一位雄赳赳的军官，一度结合过了。所以当一对新人物定情之夕，彼此难免生旧家伙之叹。然而家伙虽旧，假使相配，也还像新的一般，不致生出意外。无如伍大姐曾经沧海，她家伙也似沧海一般。心麻书生本色，一粒粟似的家伙，投在沧海里，正是漫无边际。因此大姐不得不舍诸他求，始初遇见一位叫做大鹏的，小试之下，也未能十分当意，芳心中未免忧郁万分，镇日价多愁多病似的，睡在寓里纳闷，心麻劝她，她只不理会。后来有人介绍一位按摩家，叫做洪祥甲的，替她按摩。祥甲吩咐大姐躺在沙发里，大姐只穿一身蝉翼轻纱的衫裤，乳峰高耸，小腹微隆，姿态十分动人，祥甲揎袖捋臂，徐徐地替大姐按摩，一摩而血脉和，再摩而精神爽，三摩则百节百骨奇痒难搔。那时大姐觉得从未有这般舒适，不禁星眼微扬，妙姿渐热，祥甲那里肯舍，推心置腹，渐渐及于至善之地，放出平生绝技来，在那浅草公园之旁，轻揺、侧拍、缓拿、徐捶，直使大姐一缕芳魂，悠悠出舍。此时祥甲，也有些儿不能自持，忙从腰间挖出一枝短笛来，作无腔之吹，其声呜呜然，啧啧然，吹不多时，大姐芳魂，果然醒来，不禁拍桌叹为妙奏。从此以后，大姐非祥甲在旁吹笛不欢，久而久之，大姐也能吹笛，吹笛而外，并进而为歌剧，居然有声于时，一时沪上举行海狗大会串，大姐登台献技，配角便是她名义上的丈夫余心麻，和两位腻友：汪大鹏、洪祥甲。大姐在戏台上装出娇怯的姿态来，发出凄婉的声调来，直使两位腻友，心摇神荡，唯独余心麻无动于衷。原来心麻的一颗心，早已麻木不仁了。时台下有

一位看客，叫做乃翁的，送他们一首歪诗道：诗哲当台坐，星光三处分，暂抛金屋爱，来演玉堂春。”

虽说徐志摩思想洋派，并不觉陆小曼与翁瑞午有什么见不得人的关系，他所持的道理是“夫妇的关系是爱，朋友的关系是情，罗襦半解，妙手摩挲，这是医病；芙蓉对枕，吐雾吞云，最多只能谈情，不能做爱。”可是这篇烂文一见报端，着实也让徐志摩万分尴尬，气闷之余，他便劝陆小曼少和翁瑞午等人来往。可是陆小曼对这件事始终是轻描淡写地不上心，她是一个极端自我的人，做什么事情只有一个标准，那就是“我为我的心”，至于世俗人的什么标准，若不刀尖对着眼珠子，她压根就不放在眼里瞧。倒是对于自己和徐志摩的婚后关系，她说出了这样一番话：“男女的爱一旦成熟结为夫妇，就会慢慢地变成怨偶，夫妻间没有真爱可言，倒是朋友的爱较能长久。这话我认为对极了。”

对于尘世间的许多对夫妻来说，这句话都是对极了。

于是翁瑞午对陆小曼的朋友之爱，就真的长长久久、岁岁年年、拉不断扯不断地绵延了去。小曼病，他去治；小曼玩，他陪同；小曼爱什么，他就变着法子弄来什么。

为博佳人一笑，翁瑞午可谓是用尽心思。陈定山在《春申旧闻》里说：“现代青年以为志摩是情圣，其实我以为做徐志摩易，做翁瑞午难。”确实，蓬勃扎眼的爱能让人一时耀亮，目盲眼瞎，可是燃过就是满地的灰，而水滴石穿却是要水千年万载的耐心。所以说，翁瑞午的耐心也是能得着回报的，毕竟他和陆小曼的共通之处较之徐志摩更多一些。徐志摩是洋派诗人，翁瑞午是旧派荡子，陆小曼是洋派的皮裹着传统的芯。翁瑞午家藏名画，爱戏爱曲，走到台面上是一个多才多艺的旧派王孙。所有这些，都入了陆小曼的眼，讨得了陆小曼的欢心，并引为知音。于是他们真的成了烟友、票友、画友，两人你来我往，晨昏颠倒，纵意任情。如此一比较，他们两个好像更适合结为夫妻，共同沉沦，只是，造化弄人，他们对于彼此，都是在不对的时间遇到的那个对的人。

妻子与别的男人同榻而卧，没有哪个丈夫能忍得受得，可是翻开徐、陆、翁三人的相关史料，很难说徐志摩是恨翁瑞午的。徐志摩离世前的最后几天，与陆小曼大吵一架，一气离沪赴京，行前还恳请翁瑞午照顾陆小曼。徐志摩失事，翁瑞午兼程赶去相帮徐家人一同收尸，料理他的后事。人常说，“相逢一笑泯恩仇”，原来同爱一个人的情敌可以恩仇俱泯的。

岁月凄凉，焉知翁瑞午不是老天爷为陆小曼埋下的一处救赎的伏笔。

陆小曼生命中的三个男人，王赓是昙花一现，徐志摩是恒河流星，唯有翁瑞午与她相伴最长久。从1928年两人相识，到1961年翁瑞午离世，整整33年，他对她一直不离不弃。纵使陆小曼对他没有爱情，这份依赖也已深入骨血。

或许，婚姻不适于陆小曼这样的女子，她太任性，太爱自由，太怕束缚。她与王赓的婚姻，好像两粒骰子装在碗里，被命运翻来转去，彼此相碰，掉角少漆，伤痕累累；与徐志摩的婚姻，就像石子和鸡蛋，徐志摩是鸡蛋，陆小曼是石子，到最后鸡蛋磕破了，石子还是石子。直到她遇到翁瑞午，她才找到了自己最适合的位置，翁瑞午好像棉花，陆小曼好像鸡蛋，鸡蛋被裹在厚厚软软如同云朵的棉花胎里，那份香甜与安适，教陆小曼怎么舍得离开？神仙也不舍得离开。

所以七仙女会嫁董永，白蛇会嫁许仙，只有嫦娥是个傻子，离了爱人，碧海青天守广寒。

最初，也真像徐志摩说的那样，翁瑞午与陆小曼确实是“对榻而卧，吞云吐雾”，从未有过夫妻意义上的肌肤之亲。徐志摩死后，翁瑞午虽说照常天天陪伴，却也未越“雷池”。

按理说，徐父每月供陆小曼 300 元，生活哪怕不够简省，供养一家大小十来口子人吃喝也是不成问题的，她满可以与翁瑞午一刀两断，自此寡居，清净度日，为亡夫守节。

毕竟，旧式女子，极重的就是“守节”二字。

汪曾祺曾写过一个过门不久的新妇，丈夫即因病离世，从此她便日日躺在床上，也不言语。房顶上挂的珠子灯就这样逐渐绳断珠落，嗒、嗒、嗒地一个、一个掉下来。直到她寂寂地死去，房门封锁，房里还时不时传出“嗒、嗒”的声音。

那份孤寂，好像被全世界抛弃。冷一直渗进骨子里，穿十层棉衣不觉暖，吃十碗饭还是觉得饥。

这样的孤寂陆小曼哪受得了。她是习惯了夜夜笙箫、声色热闹的人，清冷寂寥跟她真真是难相关。是名节重要，还是被关爱、被体贴、被陪伴重要？她理得很清。人生路漫长，为了“名节”两字孤守余生，确实很残忍。

所以，陆小曼还是和翁瑞午在一起，通常翁瑞午白日报到，深夜离开。

有一天，陆小曼的另一个老朋友陈巨来和翁瑞午一同在陆小曼家玩乐，深夜 2 点时分，陈巨来催翁瑞午同走，翁瑞午说“汽车有点毛病，我还是自己在二楼的烟榻上凑合一夜得了”，听闻此言，陆小曼便径自上三楼就寝，随他到二楼去睡。此事被徐申如买通里弄口看门的人得知，于是，月底徐申如差人给她送来 300 元和一个条子，大意是知道翁先生已经和你同居，下个月起不再供给生活费。翁瑞午当时大怒，气不过索性搬到三楼去睡，不过仍是另设一榻。从此陆小曼的生活，就归了翁瑞午负责。

先是由父母供养，再由王赓供养，后由徐志摩供养，徐志摩死后，徐父供养，徐父不肯再供养时，这份责任便落在了翁瑞午的身上。其时是 1938 年，陆小曼才 35 岁，此后漫长的后半生，就一直由翁瑞午供养。

回看陆小曼的一生，真是一枝攀援的凌霄花啊。

平生一知己

上海中国画院保存着陆小曼刚进馆时写的一份“自传”，里面说：“我廿九岁时志摩飞机遇害，我就一直生病。到一九三八年卅五岁时与翁瑞午同居。”

35岁，离婚一次，丧夫一次，然后与人同居。美人薄命，这份跌宕，着实教人无法自喜。

对于翁瑞午来讲，他是把陆小曼当仙女供着的，他面对她的时候，那份气弱与自卑，怕是一见之初，便深入骨髓。用句时髦的话讲，陆小曼是他的女神。陆小曼也自始至终，对着翁瑞午自觉不自觉地端着女神的架子，她给自己和翁瑞午之间的关系的定性，数十年里，一直是“只有感情，没有爱情”。女神怎么可能与凡夫有爱情吗？她的爱情，是给予男神徐志摩的。

所以，她的生活是依赖翁瑞午，情感上却不那么依赖翁瑞午。据王亦令的回忆，讲陆小曼与翁瑞午同居多年，“翁瑞午居然勾搭自己跟陆的共同义女”，十八岁的义女怀孕，其母气极大闹，满城风雨起于斯，陆小曼却行若无事。此事若是发生在徐志摩身上，陆小曼想必不会是这样一个反应，她自己就坦承：“我之所以一点都没醋心，实在是由于我对翁瑞午只有朋友的感情，早已不存在什么爱情了。”

可是，即使没有那种令人方生方死的爱情，陆小曼对翁瑞午，也是离不开的，她是一枝凌霄花，必得有一棵树供她攀缘，否则会死。只是翁瑞午这棵树也有自己的麻烦事，他的身上不止缠绕着陆小曼这一根藤。他还有自己的家庭：一个太太、五个孩子；他同父异母的哥哥去世，留下一个嫂子、九个孩子。这些人都要靠他生活；至于陆小曼这里，除了小曼之外，还有常住陆家的小曼表妹，和小曼的两个外甥，还有所有的佣人。

他只不过是一个遗少，哪来的偌大家财供他分劈，于是他去当账席，去炒股，去江南造船厂当会计……后来干不动了，只好坐吃山空，卖字画、卖家具。陆小曼对于他的辛苦，一如对徐志摩当初的辛苦，基本上也是不听、不看、不问。你给我，我就要；你送我，我就吃。他供给她黑的阿芙蓉，与白的米饭，还供给她上海哈尔滨食品厂和老大昌的西式点心、酒心巧克力，甚至把他的太太陈明榴做的玫瑰酱、玫瑰酒也孝敬给陆小曼。

他还给陆小曼买紫罗兰骆驼毛大衣。陆小曼有一个奶妈，需要餐餐喝鸡汤好下奶，以供陆小曼吃人奶，翁瑞午就给买鸡做汤；陆小曼抽鸦片抽得肠干、便秘，需要蜂蜜注肠，他就给采办蜂蜜。

与其说翁瑞午是陆小曼的同居者，倒不如说他是一个十足的孝子。他对陆小曼的那份用心，只有孝子才有。

除了对陆小曼百依百顺，他还懂生活、讲情趣，他会自已下厨炒蛋，又会融雪煮茶。还会讲笑话供陆小曼开心。翁瑞午对陆小曼也真称得上仁至义至：衣食住行，无一或缺，端茶递水，亲力亲为。据翁瑞午的长女翁香光回忆说，他父亲最喜欢称“大好了佬”，什么事情都习惯说：“我来，我来!”且又拿出学费，教陆小曼学山水画，囊中羞涩便变卖祖产，书画古玩无一不卖。

陆小曼的“自传”中接着写：“翁瑞午在一九五五年犯了错误，生严重的肺病，一直到现在还是要吐血，医药费是很多的，还多了一个小孩子的开支。我又时常多病，所以我们的经济一直困难。翁瑞午虽有女儿给他一点钱，也不是经常的。我在一九五六年之前一直没有出去做过事情，在家看书，也不出门，自从进了文史馆。”

她这里说“多了一个小孩子的开支”，估计是指的翁瑞午和一个女学生的私生女，翁瑞午的发妻不肯接纳，被他带到陆小曼家里。

也不能说除了翁瑞午就没有人管她的事，胡适就曾说过她的生计由他安排，不过条件是要她离开翁瑞午，只是她不肯。朋友赵家璧和赵清阁为此还特地约她到赵清阁的家里，劝她要么和翁瑞午一刀两断，要么就和他结婚，这样不清不楚、不尴不尬地混着，算是什么事。陆小曼说："志摩死了我守寡，寡妇就不能交朋友吗？志摩生前他就住在同楼里，如今他会搬出去吗？况且十几年来他很关心、照顾我，我怎么可以如今又对他不仁不义？外间的流言，我久已充耳不闻了，反正我们只是友谊关系，别人怎么看，随它去。我问心无愧。"

徐志摩在世尚且不拿起做丈夫的架子，强令陆小曼和翁瑞午分开，他去世后，若是在天有灵，想必也不忍陆小曼孤凄。

翁瑞午虽有妻室，但如果陆小曼肯嫁他，他也是能脱身自由与她结合的，只是陆小曼不许他抛弃发妻，宁可这样不黑不白下去。陆小曼之所以做出这样的选择除了对徐志摩旧情难忘外，这也是她的厚道与仗义：因为翁瑞午对自己的悉心关怀，她不忍把他踢出局外；因为翁妻是旧式女子，她又不忍把她扔进没有出路的境地。

陈明榴，即翁瑞午的太太，是一个本分女子，知书达理，孝敬公婆。哪个女人也不想丈夫在外流连，只是她没有法子。若是离婚，她去哪里？所以哪怕心里生着刺，也只敢让刺尖向内扎自己。外面流言哄起，都是这个贪玩爱乱的丈夫搞出来的事，他与陆小曼的事，他与干女儿的事，他还与一个女学生搞出事……总之，搞得她这个当妻的不像妻，既没有里子，也没有面子。所以，陆小曼不肯与翁瑞午结合，若站在陈明榴的立场来想，怕是也不值得感恩：若真想对我好，你就把我丈夫整个人都还来！

偏偏陆小曼做不到，翁瑞午也做不到。甚至翁瑞午心疼陆小曼身后一无所出，还要将自己的四女儿翁重光过继给陆小曼当干女儿。翁重光到了“陆姆妹”家里，与陆小曼住在三楼，陆小曼便在自己的床边搭张小床，给这个新女儿睡。可是一段时间后，翁重光还是回了家，因为她受不了陆小曼夜半不睡，晨光大亮又不起。

说起来，陆小曼对翁家子女其实都是好的，她和翁瑞午去大光明电影院看美国动画片《白雪公主》，觉得好，立刻买六张票教司机送去翁家，请翁太太带五个孩子同看。翁香光结婚，她送香光一套精致的白绸睡衣裤和英国定做的瓷器浴具。

陈明榴 52 岁去世，翁香光冲到陆小曼家，冲父亲大喊：“你为什么不早点与母亲离婚？如果早离婚的话，她还可以找个好人，过上几年的舒心日子！”又对陆小曼喊：“你为什么抓住我父亲不放？为什么？为什么？你说，你说呀！”教这两个人能说什么呢？乱世野鸳，抱团取暖，伤人之处，实非所愿。

陈明榴去世是在1951年，按理说陆小曼可以光明正大嫁给翁瑞午，做他的堂堂正正的续弦，可是她没有。也不是她不想，只是翁家子女反对。翁瑞午曾问他们："你们的母亲已经去世，你们也不要太难过，就让陆小曼来当你们的母亲，好吗?"大姐翁香光低头不语，只说想几天，这摆明了就是不欢迎的姿态。后来陆小曼写信给远在美国的翁诚光，问她是何意见。翁诚光没有给陆小曼回信，只是写信给在香港的姐姐翁文光，说不想知道家里的事情。于是结婚的事作罢，好在两人已经无名无分这么多年，早已习惯。

可即使无名分，陆小曼填表的时候，家庭成员一项，也是翁瑞午。

新中国成立后，陆小曼的旖旎风光不复，她经常穿着一身对襟蓝褂子，直的短发，黑布鞋，头上戴一顶法国扁帽。好在她没有经受政治运动的风波，倒是翁瑞午因为自己的出身，老是被拉出去批斗。批斗回来，他还是那个"大好佬"，无论什么事都说："我来，我来。"苏雪林曾在1959年见过陆小曼一面，她回忆说："她那时是住在翁瑞午家里。志摩逝世后，小曼穷无所归，依瑞午为活。我也不知道翁瑞午是否有妻儿，总之，小曼住在他家里，发生同居关系是万难避免的事。小曼长年卧病，延见我们也是在病榻上。我记得她的脸色，白中泛青，头发也是蓬乱的，一口牙齿，脱落精光，也不另镶一副，牙龈也是黑黑的，可见毒瘾很深。不过病容虽这样憔悴，旧时风韵，依稀尚在，款接我们，也颇温和有礼。翁瑞午站在她塌前，频频问茶问水，倒也像个痴情种子。”

他再怎么是荡子，这份痴情，怕是君子也抵不过。

陆小曼的干女儿何灵琰晚年感慨：“现在想想这个人也算多情，他对干娘真是刻意经心，无微不至。徐干爹去世后，他更是照应她，供养她。后来干娘烟瘾越来越大，人更憔悴枯槁，而翁干爹又是有妻有子的人，她给他的负担重，而他却能牺牲一切，至死不渝。细想若无翁瑞午，干娘一个人根本无法活下去。”

1960 年前后，国家大灾，前后三年，物质奇缺，为了一包烟、一块肉，翁瑞午不惜冒着酷暑、顶着严寒排长队去设法弄到。他有一个香港亲戚，时常会给他寄来一些副食品，他只取十分之一，余下的都送给陆小曼。陆小曼发病，他端汤奉药，不离左右。

翁瑞午晚年得肺病，住在中西医院，1961 年，就在他临死的前两天，他约赵清阁和赵家璧见面，两人回忆说，“‘好友’（翁瑞午）抱拳拱手地招呼我们，说道：‘今后拜托两位多多关照小曼，我在九泉之下也会感激不尽的。’”（出自张红萍所著《陆小曼画传》）

陆小曼可以说对翁瑞午是情，不是爱，可是翁瑞午对陆小曼，估计除了一个“爱”字，就不能再有别的定义——陆小曼有疾在身，不能给徐志摩许多欢愉，自然也不能给翁瑞午许多欢愉，这个男人却在无契约在身的情况下对她不离不弃，任她攀援索取，亦甘心供养之。天下如此多的男子，这么多的夫妻，有几个能做到如此？

此后劈头盖脸而来的，就是陆小曼一个人的晚年。她在家里供奉上翁氏祖先和翁瑞午夫妇的牌位，日以一只老猫为伴，抽中华牌的香烟，每一支只抽一半，另一半给了照顾她的表妹吴锦。

她的屋子仍旧不开窗帘，日子在窗外哗哗流过。整日闲坐，她常常想起翁瑞午去世的时候，自己前去吊唁，灵前好一场痛哭。想想那个情境，真是令人唏嘘，平生唯一一个知己，也没有了。

第八卷

从前直到现在，爱还在

小曼是个奇人

崔永元做“口述历史”，采访无数人，记录这无数人口中的历史。可是他又说：“我到现在坚定地认为没有历史真相，历史永远没有真相。所有人能做的就是看谁更接近真相，大家做的都是这件事。口述历史是接近真相的一种方式，当然还有其他的方式。”

人物传记也是想办法接近真相的一种方式，可是却永远无法到达真相。瓜子已经被吃下肚去，我们所做的事，不过是捡拾起散落的一些瓜子壳，捧在手里，端详它的花纹，凭空想象它应当是甜的、咸的、五香的、椒盐的，甚或还有些许牛肉干味。

实话说，陆小曼比林徽因和三毛难写，徐志摩比梁思成难写。林徽因亮丽，三毛决绝，梁思成温厚，而徐志摩和陆小曼的个性都复杂，好比泼墨油彩，一根丝上，你分不清哪里是黑紫蓝绿，或是两种三种多种颜色混在一起。陆小曼所做的一切事，我们都可以凭一己之私给她找出一定依据，可是我们的依据未必是她的依据，我们所写的她，也只不过是我们心中的那一个而已。

李宗盛的一首歌，歌名叫人难忘：“关于我们的事，你们统统都猜错。”

徐志摩生前要陆小曼向上，陆小曼坠着不肯，只颓着度日。如今斯人已逝，陆小曼竟然拾起先夫遗愿，除去编书，重新开始作画，且于1941年在上海大新公司楼上开了个人画展，展出100多幅画，多取材山水花鸟，技艺很是精湛。

她不同于我们，她是“从无半天完全舒服”的一个病人，是缠绵烟榻的瘾君子，是丧夫的畸零人，她有100条理由继续沉沦，却没有继续沉沦。

1947年，她又去医院戒毒。还是那句话，她是从无半天完全舒服的病人，曾自言一吸鸦片，百痛全消；她是丧夫守寡的畸零人，心里孤清，需要沉入麻醉的幻梦，可是这样的一个人竟然把毒戒了。

1949年，陆小曼的画入选全国美术展；1955年，再入全国美术展；1957年，她参加了美术家协会；1958年，加入上海美协，且为上海中国画院专职画师；1959 年，被全国美协评为“三八”红旗手；同年，她任上海市人民政府参事室参事；1964 年，她为成都的杜甫草堂画四幅条屏山水。

她的山水花鸟画很是闻名，我倒独爱她的仕女图，面目沉静，举止婉约，衣褶流畅，无花，无鸟，无水，无山，大千世界只在眼内，只在心中。

还有她的题画诗：

“四时更代谢，悬象迭卷舒。暮春忽复来，和风与节俱。
俯临清泉涌，仰观嘉木敷。周旋我陋圃，西瞻广武庐。
既贵不恭俭，处有能存无。镇俗在简约，树塞焉财摹。
在昔同班司，今者并园墟。私愿偕黄发，逍遥综琴书。
举爵茂阴下，携手共踌躇。奚用遗形骸，忘筌在得鱼。”

“捉得松为柄，粘来纸作衾。山云娇老态，溪水有无心。
挂锡沉香树，安禅天竹林。西来闲会取，空迹寄飞禽。
古径盘空出，危梁溅水行。药栏斜布置，山子纫生成。
欹侧天容破，玲珑石貌清。游鳞与倦鸟，种种见幽情。”

“玉山高与阆风齐，玉水清流不贮泥。”

……

——不得不说，陆小曼是个奇人。

20 世纪 50 年代，陈毅时任上海市长，发现陆小曼的画，因曾经听过徐志摩的课，顾念陆小曼是徐志摩的未亡人，又了解到她生活困难，于 1956 年，由陈毅一力促成，陆小曼被聘为人民政府参事、文史馆员和画院画师，只领工资不上班，每月收入 80 多元，足可供其药费。从此陆小曼的画作专交画院。

2004 年，上海中国画院举办了“朝花夕拾——海上女画家作品回顾展”，8 位女画师中就有陆小曼。近些年时人对于民国故人故事多感兴趣，搜剔掘遗，陆小曼顶着一个艳名，又有复杂情史，画以人贵，价格也一路飙升。

徐志摩飞机失事，现场遗物中有陆小曼手绘山水画长卷，后来这幅被徐志摩带在身边的作品也被陆小曼一直珍藏，直到她死前不久方将它与梁启超的一副集字对联、《徐志摩全集》的纸稿交给徐志摩的表亲陈从周教授，后陈从周将《徐志摩全集》的纸稿捐于北京图书馆，将梁启超的对联和陆小曼的画卷捐给浙江博物馆。1979 年，陈从周再见陆小曼的长卷，睹物思人，他在卷尾感慨而题：历劫之物，良足念也。

岂止她的画是历劫之物，她这个人也算是历劫之人。陆小曼在上非为正人君子，在下亦非大凶大恶。置于万万人中，聪俊灵秀之气在万万人之上——你不见她是不肯写，一写即是好的，亦不肯画，一画就是名篇。她的乖僻邪谬不近人情之态，又在万万人之下——否则何至于放着好好的官太太不当，死也要与王赓离婚，以至于腹中骨肉亦不念；好容易嫁得良人，又不知珍惜，只一味沉迷放纵，任意任情。又何至于要与一个有家的男人不清不楚，暧暧昧昧维持后半生。她生于公侯富贵之家，于是成了情痴情种；若是生于诗书清贫之族，想必亦可成为逸士高人。想来真是奇人多奇事，又焉知王赓、徐志摩、林徽因之辈，不是一起下生人世，共同历劫的呢？

于是事情就冲着“好了歌”的结果来了：“训有方，保不定日后作强梁。择膏粱，谁承望流落在烟花巷。因嫌纱帽小，致使锁枷杠；昨怜破袄寒，今嫌紫蟒长：乱烘烘你方唱罢我登场，反认他乡是故乡。甚荒唐，到头来都是为他人作嫁衣裳！”

陆小曼的一生好比一出热闹的剧，为这寡淡无味的人世做了一回嫁衣裳。

有他们在，她不孤独

好的朋友是极好的，甚至比夫妇都好，比情侣都好，比父母和兄弟姐妹都好。

陆小曼虽奢靡浪荡，却不尖酸刻薄，如王亦令在《忆小曼》一文中所说："凡是认识陆小曼的人，几乎异口同声称赞她宅心忠厚、待朋友热情、讲究义气。"她早年热衷交际，高朋满座，有的慕名，有的慕色；徐志摩死后，大多朋友出于同情徐志摩的义愤与她割袍弃交，但是仍有留下来的。

刘海粟与陆小曼是同乡，她又师从刘海粟学画，在北京时还行过拜师礼，有师生之谊。大画家初一见陆小曼即被惊艳，有人问他文艺界的才女有谁，他答：陆小曼。再问文化人中的美人是谁，他再答：陆小曼。又问近代女作家和女画家，心高气傲又命途多舛者是谁，他又答：陆小曼。他对她是又疼又怜。他全力助推了徐陆秦晋之好，为了使两人解脱相思之苦，他甚至在功德林宴请王赓，大摆鸿门宴。

二人婚后，邀刘海粟来乡做客，此后便人情来来往往不断。刘海粟替徐志摩从海外带东西回来交给陆小曼，徐志摩又替陆小曼写信让出国的刘海粟带回织物，刘海粟照章而办。

1931 年夏，徐、陆二人渐生嫌隙，徐志摩想出国散心，却一放心不下母亲，二放心不下小曼。他把这些苦恼付诸笔端，倾诉于刘海粟，视他为知已。徐志摩去世，刘海粟没有远离陆小曼，陆小曼也知恩，1947 年，刘海粟办画展，陆小曼写一篇《牡丹和绿叶》捧场。虽然男女有别，交情日淡，但他们作为友人的心却未远。刘海粟晚年身体有恙，恰同病重的陆小曼住在同一间医院，二人仅一墙之隔。人到暮年，老友相见，真是滋味万千。刘海粟说：“小曼，能在这里重晤老友，也是前缘。”小曼说感受：“要不是毛主席关心，只怕我已不能在这里见到你了。”

作为好友之一的郁达夫是个至情至性的人。他的婚姻观是“没有爱情的婚姻应该让它死亡”，他的爱情观是“青年男女间有了爱情的萌芽，就应该让它无拘无束地茁壮成长”，自然也就钦佩徐志摩和陆小曼这一对至情至性、敢作敢为的人。他评价陆小曼忠厚柔艳，忠厚本是形容良善男人的心地，却用来形容陆小曼这个病弱女人，感觉奇突，若联系陆小曼为人，又十分精准，似乎找不到别的词来替换。后来，由于一些利益关系，许多人互相揭发，互相毁骂，陆小曼却说："你把祖宗三代、父母尊长全骂到了，我很不赞成。要是我做你，我肯把自己随便怎样骂法都行，要我骂尊长，杀了我也不行。"这就是她的忠厚之处，心地厚实，像个好的男人。而"柔艳"二字更有意味，"艳"本是侵略度很高的一个字，却被他用一个"柔"字来中和，用在陆小曼身上，也让人觉得贴切得不能换，换不得，不忍换。

郁达夫和徐志摩在杭州府中学时是同班同学，二人又是知己。当初徐志摩终于候到陆小曼与王赓离婚，当即兴奋得写信给郁达夫，郁达夫接信也兴奋异常，把信给太太王映霞看，拊掌说："有情人终成眷属，这是好事，这是大好之事!"王映霞笑他高兴得这个样子，好像他自己得了一个绝代佳人。

徐志摩飞机遇难，郁达夫得到消息后整个人变得木呆。夫人王映霞说："这件事情，应该怪小曼。志摩在北京大学教书，家却在上海，他平均每月总要在北平与上海之间奔波一次，是够苦了。"可郁达夫不肯偏怪陆小曼一人，只说："他们的事复杂得很，弄不清楚，专门怪小曼也失之过偏。我倒赞赏小曼母亲的话，说得比较公允，叫做'志摩害了小曼，小曼也害了志摩'。"难得他痛失挚友之时，还能替陆小曼说句公道话。

后来，郁达夫为徐志摩送挽联："两卷新诗，廿年旧友，相逢同是天涯，只为佳人难再得；一声何满，九点齐烟，化鹤重归华表，应愁高处不胜寒。"那份恒久的离愁，真是一声何满子，两泪落灵前。

郁达夫与徐家老太爷也是互不喜欢，所以也从未到过徐志摩坟前倾酒浇奠。1936 年，徐志摩去世 5 周年，郁达夫写《怀四十岁的志摩》，发表在《宇宙风》上。

邵洵美是徐志摩的校友，他们二人同在剑桥读过书。彼时，邵洵美听说有个人和他长得像，徐志摩也听过有个人和他长得像，只是从未相见过。一天二人碰见，相互端量，如同看另一个自己，同是深目高鼻，脸长而瘦。徐志摩觉得惊奇之余，向邵洵美招呼，说："弟弟，我找得你好苦啊！"

之后，一见如故的两人成为挚友。

徐志摩婚后到上海，刚住进旅馆，邵洵美就带着太太来看望，陆小曼也说二人有点像。不光相貌像，气质也像，出身也像，兴趣爱好都像。他们就像弟兄，一起笑一起闹。邵洵美画陆小曼和徐志摩，不是人像，而是一个扁扁的茶壶和一只小小的茶杯，在旁边写："一个茶壶，一只茶杯，志摩是茶壶，小曼是茶杯。"

徐志摩空难，邵洵美落泪，说："志摩有结实的身体，有生龙活虎的精神，一下把他摔死，实在太惨。"又写《天上掉下一颗星》，说："这世界有寒凛的孤单，我怕，你不能忍受。"他去探望陆小曼，约她为徐志摩的译作《云游》写序，陆小曼开篇就是："洵美叫我写志摩《云游》的序……"称呼也亲昵，只是故人安在哉？

一年，逢陆小曼生日，邵洵美家中穷愁，但还是找出一颗白色寿山石的图章卖了，得十块钱请陆小曼吃生日饭。1958年，邵洵美因特务罪被捕，到1962年释放，陆小曼去看望，邵洵美高兴，陆小曼心酸。

陆小曼去世，邵洵美为她写诗："有酒亦有菜，今日早关门；夜半虚前席，新鬼多故人。"

真是人生哀晚景，新鬼多故人。

泰戈尔与徐志摩是朋友，爱屋及乌，也与陆小曼是忘年交，他们一见如故，是陆小曼口里的"老头子"。1929年，泰戈尔来上海，就住在徐家，三人对坐讲话到深夜。泰戈尔带二人去赴宴，介绍说陆小曼是他的儿媳。

泰戈尔离开时，三人都很是伤感。泰戈尔送徐志摩一幅自画像，一首孟加拉文的诗；送陆小曼一只用头发和金丝绞成的手镯、一张包书纸和一条印度风格的头巾。

1949年，泰戈尔的孙子给陆小曼写信，其时泰戈尔也已去世。他想问陆小曼要徐志摩的诗和散文，准备翻译成印度文。不巧的是，那时陆小曼正生病，家人没把信给她看，待隔年看到再作回复时，他已经从中国离开。

陈从周是徐志摩的姻亲，在《记徐志摩》中说："志摩父申如先生，是我妻蒋定的舅舅，又是我嫂嫂徐惠君的叔叔，我是由我嫂嫂抚育成人的。"算起来，陈从周是徐志摩的表妹夫。徐志摩去世，陈从周立志要为徐志摩作传。他编《徐志摩年谱》，前前后后十五六载，之后请赵景深作序，赵不肯写，后来陈从周自费出版了《徐志摩年谱》，为后人留下了珍贵史料。

徐志摩离世后，他没有将徐志摩的死一味怪罪到陆小曼头上，而是常去探望她。

贺天健，中国现代著名中国画家、书法家，画风豪放跌宕。陆小曼拜他为师，他也尽心竭力而教。贺天健要求陆小曼对真山真水要凝神，对古今中外的名画要静观，对自己的作品要细看。他还教陆小曼用棉花濡丹，点画桃花。贺天健给陆小曼的评价是："天分很高，就是不用功。"即便如此，陆小曼也有小成。无心插柳柳成荫，此后她竟以书画养身。1941 年，陆小曼和翁瑞午一起在上海大新公司楼上开办个人画展，卖了 100 多幅。1949 年、1955 年，陆小曼的作品两度入选全国美术展。1958 年，她加入上海美术家协会，并成为上海画院的专职画师。1959 年，她被全国美协评为"三八红旗手"，照片上了美协的画报。1964 年，成都杜甫草堂办杜甫生平展，陆小曼带病作画，送去展览。

而陆小曼的这一切成就，不能不说与贺天健有着莫大的关系。

钱瘦铁，名崖，一字叔崖，号瘦铁，中国画会创始人之一，擅长中国画及书法、篆刻。山水画师法石涛，曾被誉为"江南三铁"（吴昌硕称"苦铁"、王冠山称"冰铁"）之一。他在办自己的画展的时候，还将陆小曼的画作一并展览，让陆小曼在画坛迅速打开了知名度。且在陆小曼日后办个人画展时，台前幕后地帮着操持。

赵清阁，著名女作家、编辑家、画家，老舍的红颜知己，与陆小曼是有很深的友谊，曾经自言：

“我与小曼结识五十余年，断续写过有关她的简介多篇；从做人作风，谈到她的文才艺术；有赞赏也有批评，我们是以诚相见、仁义相待的至交好友，因此成为莫逆知己。不像泛泛人海中有一种所谓‘朋友’的人，表面上和你亲亲热热，暗地里却极尽中伤陷害之能，恨不得置你于死地!”

赵清阁劝陆小曼戒鸦片烟，和赵家璧一同鼓励她写小说，她不忍这样一个有才情的女子就这样葬送在鸦片堆里。当然，陆小曼虽然骄奢任性，不过她对朋友是讲情义的。她送赵清阁夏扇，扇面是自己手绘。寒日又送赵清阁自己手织的白绒线背心。

赵清阁比陆小曼小十一岁，年龄虽小，筋骨却强，编报纸、做编剧、当书店的总编辑，还为了筹措路费，摆过地摊。赵清阁与陆小曼相识后，跟小曼说：“冬天即将过去，春天就要到了，一切都将开始新兴”。她肯听陆小曼说话，陆小曼就跟她诉苦，说编《志摩全集》有多难，并且道谢说：“现在大概只有你会这样耐心地听我说话。”赵清阁劝她出去走走，她就果真出门。要不是赵清阁约稿，既病且弱又懒又馋的陆小曼决计写不出了不起的《皇家饭店》。画上最后一个句号，陆小曼像走过一场远路，又像吃了一顿饱饭，她说：“我写完了，很累，可是我的心里好开心!”

1952 年，陆小曼五十大寿，赵清阁送她一束墨菊和黄菊。1954 年，赵清阁四十岁生日，陆小曼到贺。两人相交几十年，陆小曼处处听赵清阁的，唯有离开翁瑞午这件事，她没有依从。

赵家璧，中国编辑出版家，作家，翻译家。1936 年，他组织鲁迅、茅盾、胡适、郑振铎等著名作家分别编选出版《中国新文学大系》。赵家璧曾做过徐志摩的学生，徐志摩去世后，赵家璧陪陆小曼各方讨要、整理徐志摩的文稿，又助陆小曼出版《爱眉小札》和《志摩日记》。

太平洋战争爆发，良友图书公司被查封，赵家璧怕被日本人迫害，不得已要去内地走避，临行前托陆小曼和翁瑞午照顾自己一家老小，陆小曼一口答应。

……

陆小曼有幸，就算看上去被全世界抛弃，有朋友在，她也不那么孤独。

据说毛泽东在上海视察时，听闻陆小曼身体不好无力就医，说陆小曼也是文化界老人了嘛！20 年代是颇有名的，要适当安置。于是陆小曼就被安排到市府参事室做参事。上海举办的第一届书画展上，陆小曼的作品也在其中。时任上海市长的陈毅看到陆小曼的画，说："过去我在北京中法大学读书时，多次听徐志摩老师讲课，依辈分而论，这陆小曼还是我师母呢！"得知陆小曼生计艰难，陈毅又说："陆小曼可以算作我们的统战对象。"据说有一次，陆小曼去市委大礼堂开会，被人关切询问她身体怎样，最近是否还在画画，陆小曼礼貌作答。事后她才知道那个人是陈毅。

陆小曼就是这么糊涂的一个人，可谁说糊涂的人不幸运呢。毕竟，人到晚年后，还有那么多的人记得她，并惦念她。

美人人间见白头

美人自古如名将，不许人间见白头。

陆小曼是美人，岁月也说不清恩待还是不恩待她，总之是教人见了她的白发与衰朽。

1960 年前后，陆小曼在上海善钟路散步，偶遇王映霞，于是约她去自己所住的四明村的家坐坐。王映霞说陆小曼比以前胖了些，但徐娘半老，风韵犹存。陆小曼对王映霞说：“过去的一切好像做了一场噩梦，甜酸苦辣，样样味道都尝遍了。如今我已经戒掉了鸦片，不过母亲谢世了，翁瑞午另有新欢了，我又没有生儿育女，孤苦伶仃，形单影只，出门一个人，进门一个人，真是海一般深的凄凉和孤独，像你这样有儿有女有丈夫，多么幸福！如果志摩活到现在，该有多么美啊！"

她上无父母，中无丈夫，下无子女。说来着实让人替她寒凉。

1964年中秋，陆小曼因肺气肿和哮喘住进上海华东医院。赵清阁带月饼来看她，她说："难为你想到我，今年我还能吃上月饼，恐怕明年就……"赵清阁看她气喘吁吁地用手指着月饼，便挑了一块沙馅的给她。

她吃得有味，一会儿又低声说："我的日子不会多了！我是一个无牵无挂，家徒四壁的孤老，是解放救了我，否则我早死了，我感激共产党。"

这"无牵无挂，家徒四壁"八个字，映衬着她当初的日费百金，绮罗盈眸，真是凄凉。

几天后，赵家璧也来看望，陆小曼对他说："如果不解放，我肯定活不到今天；如果志摩生前知道，我们的共产党是这样好，他也会和我一样相信的，可惜他死得太早了。"

她当初纵性任情，一味胡闹，如今却知谦卑，真诚感激。

临别前，她又嘱咐赵家璧，如果有机会的话，帮着出版《志摩全集》。

入冬以后，陆小曼病情加重。1965年暮春，赵清阁和应野平前去探望陆小曼。陆小曼望着两人，说："我不会好了，人家说 63 岁是一个关口……最近我常常梦见志摩，我们快……快重逢了！”

她还说：“我还看到了王赓，他和志摩在那个世界里似乎还没有和解。唉，让他们去闹吧！反正我也要去了。”

赵清阁问她可有什么事要嘱托，陆小曼只说希望自己死后能和徐志摩合葬，问赵清阁能不能帮自己完成这个心愿。赵清阁说一定尽力去办，陆小曼含着眼泪连连道谢。

在陆小曼临终前几天，她嘱咐堂侄女陆宗麟把梁启超为徐志摩写的一幅长联，以及她自己的那幅山水画长卷交给徐志摩的表妹夫陈从周先生；《徐志摩全集》的纸样则给了徐志摩的堂嫂保管。陈从周在《含泪中的微笑——记陆小曼山水画卷》中说：“可惜的是那《全集》的纸版，我归还了徐家，已在抄家中丢失了其中一册。虽然事前我已与何其芳同志联系好，要寄北京文学研究所保存，但徐家在时间上拖了一拖，遂遭劫运。”

不过，据《陆小曼传》的作者柴伟良先生考证，那十包《全集》纸样，只有九包是真正的徐志摩作品，剩下一包是陆小曼担任上海文史馆馆员后组织政治学习的资料。动荡时期，红卫兵得到《全集》，恰巧打开的是这一包政治学习资料，后面就没敢再动，于是原样封存，且注明：“此是学习材料，要保管好”。如此，另外九包纸样才得以幸存。

想来这也是徐志摩的幸运，注定他的文字历劫不毁。

1965年4月3日，陆小曼去世，享年63岁。

难以想象半生风光的陆小曼，身后如此萧条，殡葬竟无新衣，只穿一件满是破绽的旧棉袄。赵清阁的目不忍睹，为她换上一套新的绸衣衫裤，方得体面入殓。

陆小曼朋友不多，是以灵堂只有一幅挽联，为王亦令撰稿、乐宜执笔：

“推心唯赤诚，人世常留遗惠在；

出笔多高致，一生半累烟云中。”

真是，一生半累烟云中。

她身后没有片瓦寸土，亦无子息，自然也没有人张罗安葬她的骨灰。至于她和徐志摩合葬的心愿，又因徐志摩的儿子徐积楷不允许而不能实行。

她留下了一道风景

历史自有迷人之处。

好比一个人逆光走来，抬眼去看，衣袂飘飘，阳光给他整个人镶上一道毛茸茸的金边。

很美好，然而不真实。

时光把庸常的柴米油盐消解，然后在它的土壤上种植出莫名的诗意。甚至是过往的柴米油盐，好像也散发着一种神性的光，过去的柴比如今的亮，过去的米比如今的香。

我们总是在有意无意地神化或者妖化历史和历史中的一个一个曾经活生生的人。

武则天深谙此理，是以坟前只立无字碑。也幸得碑上无一字，否则不定会被世人怎么遍生百彩地演绎；可是纵然碑上无一字，单这“无字”二字，又够后人费多少口水。

谁都逃不过，战场上倒下的士兵逃不过，香闺里寂寞的少妇逃不过，哪怕一只米缸、一粒胡桃种子也逃不过。一旦这些人、事、物被时光重重包裹，就都有了被我们解读、误解的资格。

自然，陆小曼也逃不过。

胡适说：“陆小曼是北京城一道不可不看的风景。”

郁达夫说：“陆小曼是一位曾震动20世纪20年代中国文艺界的‘普罗米修斯’。……志摩热情如火，小曼温柔如棉，两人碰在一起，自然会烧成一团，哪里还顾得了伦教纲常，更无视于宗法家风。”

刘海粟说：“一代才女，旷世佳人。她的古文基础很好，写旧诗的绝句，清新俏丽，颇有明清诗的特色；写文章，蕴藉婉转，很美，又无雕琢之气；她的工笔花卉和淡墨山水，颇见宋人院本的传统；而她写的新体小说，则诙谐直率……”

郁达夫的夫人王映霞说：“她确实是一代佳人。”

何灵琰说：“她从不刻意修饰，更不搔首弄姿。平日家居衣饰固然淡雅，但是出门也是十分随便。她的头发没有用火剪烫得乱七八糟，只是短短的、直直的，像女学生一样，随意梳在耳后。出门前，我最爱坐在房里看她梳妆，她很少用化妆品，但她皮肤莹白，只稍稍扑一点粉，便觉光艳照人。衣服总以素色居多，只一双平底便鞋，一件毛背心，这便是名著一时、令多少人倾倒的陆小曼。她的一举一动，一颦一笑，都别具风韵，说出话来又聪明又好听，到现在为止还没有再见到一个女人有干娘的风情才调。”

凌叔华曾说过：“陆小曼的错，是一般女子常有的错，但大家对她多不原谅……陆小曼生于富贵，却不慕富贵，不可否认她的挥霍，但那是她从小就养成的习惯。我们不要忘记陆小曼的父亲当时是政界、商界的领袖，怎能亏待家中八死一生的独苗。”

她最爱的人徐志摩说：“一双眼睛也在说话，睛光里漾起，心泉的秘密。”

她是绝代佳人。

她也是红颜祸水。

她错待了爱她的王赓，又错待了爱她的徐志摩，可是上天也是纵容她的，一直到纵容着纵容着，忽然不纵容了。

胡兰成曾写这样一段话：“错误原也并不是不好。自然之理、有正有错，是可比有阴有阳，阳始即是反，即是错，可说是动即得咎，可是它演绎而为阴正。英雄一路错误，美人亦是一路都错了，为时人所咎，天则成之以为历史。”

于是陆小曼被时人与后人骂为红颜祸水，焉知不是老天爷为教她天命所在，写一段才子佳人的风流历史。至于那活在其中的人的辛酸与苦痛，天是不管的。

时光荏苒，白驹过隙。

无论是骄傲的陆小曼，任性的陆小曼，还是素衣画丹青的陆小曼，都已消失在岁月的长河中，而她留下的风景却成了永恒的美。